リケジョ探偵の謎解きラボ

喜多喜久

宝島社
文庫

宝島社

目次

リケジョ探偵の謎解きラボ

Research 01　小さな殺し屋

1

鷹野美鈴《たかのみすず》は腕組みをしながら、マンションの外廊下を行き来していた。下の道路からは、大学生だろうか、ワイワイと騒ぎながら通り過ぎる男女の声が聞こえてくる。朝日はすでに高く昇り、それに連れて気温も上がっていた。辺りには、梅雨らしいじっとりとした空気が立ち込めている。

うろうろと往復していたせいで、首筋に少し汗を掻《か》いていた。鷹野は立ち止まり、腕時計に目を落とした。午前八時四十三分。電話口では、担当者が十分以内に向かうと言っていたが、すでに予定の時刻を十五分ほど過ぎていた。

鷹野は咳《せき》をして、自宅の玄関ドアにもたれた。あと三年で四十歳になる。久しぶりの徹夜カラオケは、数日前にひいた夏風邪の影響もあって、かなりの疲労を肉体にもたらしていた。腕や足が重く感じられて仕方がない。

だが、体がどれだけ疲れていても、とても眠れる気はしなかった。静かな興奮と強い緊張とわずかな不安が脳を満たしていて、どこにも眠気が入り込む隙間は見当たらない。

鷹野は姿勢を元に戻し、振り返って自宅の玄関ドアを見つめた。

この家の中に、死体があるのだ——。

そう確信していても、気味の悪さや恐怖心は湧き上がってこない。鷹野は自分の冷静さを頼もしく感じる一方で、逆に警戒を強めていた。油断してはいけない。完璧な殺人をやり遂げるには、可能な限り慎重にならなければならない。

その時、ポケットの中でスマートフォンが震えだした。業者からの連絡かと思ったが、画面には宮尾《みやお》憲史《けんじ》の名前が表示されていた。

「どうしたの」

「もうそろそろ片がついたかなと思って」と、宮尾は浮ついた声で言った。「そっちはどんな感じよ？」

「これからが一番大事なところなの」と鷹野は苛立《いらだ》ちを込めながら言った。「落ち着いたら電話するから、おとなしく待っててよ」

「はいはい。じゃ、よろしく頼むぜ。一億円、楽しみにしてるからさ」

軽い調子で言って、宮尾は電話を切った。いい気なものだ。計画を完遂するためにこちらがどれだけの労力を掛けているのか、あの男はまったく理解していない。

しかし、と鷹野は首を振った。もはや後戻りなどできるはずもない。そんな男を愛してしまった以上、何が何でも最後までやり通すしかないのだ。

近づいてくる足音で、鷹野は我に返った。

紺色の作業着に身を包んだ四十代と思《おぼ》しき男が、きょろきょろと辺りを見回しながらこちらに向かってくる。

鷹野は手を上げて、「こっちです」と男を呼んだ。

「ああ、どうもどうも。ご連絡ありがとうございます。〈開錠キング〉の魚住《うおずみ》と申します」

男は帽子を脱ぎ、愛想笑いを浮かべた。魚住の口の周りには濃いひげが生えており、マンガに出てくる典型的な泥棒によく似ていた。元々その筋の人間で、技術を生かして開錠サービス屋に転職したのでは、と鷹野は思った。

「ご案内します」

鷹野は玄関ドアの脇に取り付けられた箱状の装置に人差し指を差し入れた。このドアは指紋認証＋オートロックになっている。電子音と共にロックが解除される。鷹野はドアを開け、魚住に先に中に入るように促した。

「お邪魔します。ほお、なかなか立派なお宅ですね」

そうですか、と適当に相槌《あいづち》を打って、鷹野も部屋の廊下に上がった。夫の隆三《りゅうぞう》の書斎は、玄関を入ってすぐ右手にある。

「……ここなんですが」

「ははあ」と言って、魚住はドアの前で膝を突いた。しばらくドアレバーを観察し、

「よくあるタイプのシリンダー錠ですね」とひげまみれの顎《あご》をさする。その通りだった。外からは鍵で、中からはサムターンを回してロックするタイプのものだ。

「鍵はどうされました」

「室内だと思います。ここに越してきてから主人が取り付けたものなので、合鍵はないんです」と鷹野は頬に手を当てた。

「じゃあ、ご主人はこの中に？」

魚住がドアに耳を当てながら訊《き》く。

「靴がありますから」鷹野は玄関を指差した。「電話をしても出ないし、部屋の外から呼び掛けても応答がないので……。二日ほど前から風邪《かぜ》をひいていましたし、ひょっとしたら意識がないんじゃないかと思って、それでお宅に連絡をしたんです」

「ずいぶん心配性ですねえ」と魚住は苦笑する。「ウチの奥さんなんて、私がインフルエンザで寝込んでたって、何も気にしやしませんよ」

鷹野は咳をして、「早く開けてもらえません？」とドアレバーをガチャガチャと動かしてみせた。「本当にどうにかなってるんじゃないかと、不安なんです、私は」

「失礼しました。じゃあさっそく始めましょうか。開け方は二種類あります」と魚住が二本の指を立ててみせる。「ピッキングで丁寧にやる方法と、専用の工具を付けたドリルで強引に開ける方法です」

「どう違うんですか」

「丁寧にやれば傷は残りませんが、時間がかかります。荒っぽくやれば早く済みますが、シリンダーを交換する必要が出てきます」

「早い方でお願いします」と鷹野は即答した。夫の身を案じる妻ならば、きっと後者を選ぶはずだ。それらしく演じなければならない。

「ほい、了解しました」と気安く応じると、魚住は持参した工具箱から電動ドリルを取り出し、それに凹凸のない板ガムのような金属片を装着した。

「じゃ、開けますね」

　魚住が電動ドリルをドアの鍵穴に押し付ける。スイッチを入れるとガリガリと耳障りな音が響きだした。

　しばらく経《た》ったところで電動ドリルを抜くと、一緒にシリンダー部分がすっぽりと外れた。ドヤ顔で鷹野をちらりと見て、魚住はシリンダーが抜けた穴に指を入れた。

「こうやってデッドボルトを外すんです」と言うが早いか、ロックが外れる音が聞こえた。

　ここからが本番だ。鷹野は「すみません」と魚住を押しのけて書斎に足を踏み入れた。

　遮光カーテンが閉まっているので室内は薄暗い。鷹野がスイッチを押すと白い光が室内に満ちた。部屋の奥のベッドに目を向ける。夫の隆三の顔が見えた。目をきつく閉じている。掛け布団に乱れはない。

「そこで、待っていてもらえますか」

魚住に声を掛け、慎重にベッドに近づいていく。さりげなく床に目を走らせる。大丈夫だ。目立つところに「あれ」は落ちていない。この段階で慌てて回収する必要はないと鷹野は踏んでいた。仮に警察が「あれ」を持ち帰ったとしても、それを自分の犯行と結び付けて考える可能性は極めて低いだろう。怪しい動きをするより、自然な成り行きに任せるべきだ。

計画の成功を確信しながら、鷹野はベッドサイドに到着した。隆三は険しい表情をしている。実験の失敗を聞かされ、今後の方針について悩んでいる時の顔によく似ていた。

「あなた、大丈夫……?」

弱々しい声を出しながら、鷹野は夫の口元に手をかざした。呼吸は止まっている。成功だ。悲しみは一切なかった。あるのは安堵《あんど》だけだった。

鷹野は慌てた振りをしつつ、やや強引に掛け布団をはね除《の》けた。恐る恐る、という感じを装い、ゆっくりと夫の胸に耳を当てる。鼓動はまったく聞こえなかった。

鷹野はよろよろと後ずさると、崩れるようにフローリングの床に手を突いた。振り返ると、ドアの陰から興味津々といった様子でこちらを見ていた魚住と目が合った。

「どうしました、奥さん」

「……あ、あの」口からこぼれた声は見事なまでに震えていた。「し、死んでいるみたいなんです。警察を、警察を呼んでください……！」

2

この位置にドアがあって、ここにベッドがあって、携帯電話は手の届く位置にあって、本棚がここで、窓がここ……。

部屋の見取り図を眺めていると、「江崎《えさき》よ。まーだ見てんのか」と後ろから声を掛けられた。

振り返ると、一之瀬《いちのせ》所長が笑って立っていた。五十二歳とは思えない、少年のような笑顔だ。ただし、肉体の方はプロレスラーのように筋骨隆々である。彼の趣味は筋トレだ。

所長は白いものが混じった坊主頭を撫《な》でながら、僕の手元を覗《のぞ》き込んできた。

「それが現場か。そんなに気になるか？」

「……いや、どこがおかしいというわけじゃないんですが」

僕は首をかしげて、机の上の依頼書を手に取った。書類の一番上には、〈生命保険支払いに関する調査のお願い〉と書かれている。大手保険会社から、ウチに送られてきたファックスのコピーだ。そこには、生命保険の契約状況だけでなく、被保険者が亡くなった時の経緯なども詳細に記載されている。

「こう、全体的に違和感があるというか……すみません、うまく言えなくて」

「いや、そういう勘っていうのは結構バカにできないもんだぞ」と一之瀬所長が頷《うなず》く。

「根拠のない予想を証明するのが、俺たち保険調査員の仕事とも言える」

そうですね、と呟《つぶや》き、僕はスーツの襟元に付けている社章に目を落とした。水色のハートの中で輝く、金メッキで縁取られた〈誠〉の文字。僕が勤める有限会社〈懇誠《こんせい》リサーチ〉は、社名の通り、丁寧かつ心を込めた調査をモットーとしている。

僕たちのクライアントは生命保険会社や損害保険会社である。交通事故や死亡事故が起こると、結ばれた契約に応じて保険金が支払われる。その際、被保険者側に問題がないかどうかを調べるのが、僕たちの仕事だ。

世の中には、自分でわざと車を壊したり、買ってもいないものを盗まれたと言ったり、怪我《けが》をしたと嘘《うそ》をついたりする連中がいる。高額の保険金目当てにいろいろなズルを企てる人間は少なくないため、契約者の言い分を簡単に鵜呑《うの》みにすることはできない。だが、一つ一つの案件を詳細に調べていたら、相当の人的コストが掛かってしまう。だから、彼らは僕たち保険調査員に調査を依頼するのである。

「とはいえ、勘だけじゃどうにもならんな。どこが気になるか、自分でも分からないのか？」

一之瀬所長は僕の机から取り上げた資料を、ゴツい指でぺらぺらとめくった。

「強いて言えば、できすぎてるんですよね」

僕は今回の案件の内容を思い起こしながら言った。内側から鍵の掛かっていた部屋で、大学教授が心臓麻痺《まひ》で死んでいた。保険は死の三カ月前に契約したもので、一億円の保険金の受取主は亡くなった教授の妻。しかも、夫が死んだその夜、妻は家を空けていた……。

やっぱり気になる。案件の構成要素に、「仕組まれた感」が強いような気がして仕方ないのだ。

「亡くなった鷹野隆三氏には、ひょっとしたら持病があったんじゃないかと思うんです」

「それを隠してたってことか？」と一之瀬所長が腕を組む。「しかし、契約時に提出されている健康診断の書類に問題はないぞ」

「そうなんですよね……」

昔から僕はこうだ。石橋を叩《たた》いて渡らないというか、小さいことが気になって前に進めない質《たち》なのだ。二年前の就職活動もそれで失敗した。最終面接までは行くのだが、そこであれこれ細かい質問をしてしまい、印象を悪くして落とされる。結果的には伯父のコネで懇誠リサーチに採用してもらったが、救いの手がなければ、僕は今頃、あれこれ思い悩む必要のない単純労働に従事していただろう。

「僕、考えすぎなんですかね」

「いいんだよ、それくらい慎重で」と所長は僕の肩を叩いた。「支払額は一億だぞ、一億。多少報告が遅れたくらいで、保険会社が文句を言うかよ」

それにな、と所長が僕の耳元で言う。

「何の因果か、俺は昔から、奇妙な事件に関わることが多いんだ。ちょっとでも怪しいと思ったら、徹底的に調べ上げろ」

「承知しました」と僕は頷いた。ウチは調査員が十人程度の小さな会社だが、業界での信頼は篤《あつ》く、依頼が途切れることはない。それはひとえに、一之瀬所長がこれまでに積み上げてきた実績に拠《よ》る。裏付けのしっかりした、バイアスの掛かっていない客観的な報告こそが、我が社の売りであり生命線でもある。

「江崎には期待してるんだ」と所長。「名前に『誠』の字が入ってるからな」

「入っていると、何かいいことが？」

ちなみに、僕の下の名前は誠彦《まさひこ》である。

「名は体を表す、というじゃないか」所長は当たり前だろう、というように自信たっぷりに言い放った。「懇誠リサーチの社員として、誠実に頑張ってくれよ」

はい、と僕は答えた。名前がどうこうはともかくとして、僕は僕なりにプライドを持って仕事をする。自分が納得するまでは報告書は出さないぞ、と僕は決意を新たにした。

と同時に、腹の虫がぐうううと盛大に音を立てた。時計を見ると、いつの間にか正午を大きく回っている。

「あんまり根を詰めすぎるのはよくないな」と所長。「腹が減ってはなんとやらだ」

「そうですね。昼食休憩に出てきます」

「いつものあそこか？」

「まあ」と苦笑し、僕は書類を片付けて事務所をあとにした。

会社が入っているビルは三階建てでエレベーターはない。廊下は薄暗く、換気がイマイチなせいで年中かび臭い。しかし、二年も働いているとすっかりこの環境にも慣れてしまった。僕は年代物の木の手すりを摑《つか》みながら階段を勢いよく降り、自動ではないガラス戸を開けて外に出た。

途端に、透明な綿のような、もわっとした生温《ぬる》い空気に包まれる。今朝方まで降っていた雨のせいで、街は不快な湿気に満たされていた。霧吹きをシュッとひと吹きすると、そのはずみで大きな水滴がぼたぼたと落ちてきそうだ。

僕は蒸し暑さから逃げるように足早に歩道を進み、職場から一番近い定食屋、〈マル喜《き》〉に向かった。

がらがらと引き戸を開けると、「らっしゃい！」と威勢のいい声が飛んでくる。頭にタオルを巻いた親父さんが、厨房《ちゅうぼう》で汗を流しながらフライパンをあおっている。

僕は淡い期待と共にカウンターに目を向け、「あ」と呟いた。

木製のカウンターに肘《ひじ》を突き、興味深そうに厨房を眺める横顔。きらきらと輝くそのつぶらな瞳と、すらりと通った鼻梁《びりょう》に目が吸い寄せられる。肩に掛からないように短くしている黒髪は、彼女が頭を小刻みに動かすたびに柔らかく揺れていた。長袖のTシャツとジーンズというラフな格好で、相変わらずほとんど化粧もしていなかったが、彼女の姿は混雑する店内でひときわ強い光を放っているように、僕には見えた。

幸いなことに、彼女の隣の席は空いている。僕は唾《つば》を飲み込み、何気ない風を装ってカウンターに近づいた。

「お久しぶりです、久理子《くりこ》さん」

「ん？」とこちらを向き、彼女は二秒ほど僕の顔を見て、「おお、江崎くんじゃないの」と笑みを浮かべた。

「今、僕の名前を頭の中で検索してませんでしたか」

「細かいことはいいじゃない。空腹で頭がぼんやりしてるんだよ。ほら、座って座って」

僕は「お邪魔します」と笑って、久理子さんの隣に腰を下ろした。

久理子さんとこうして顔を合わせるのは実に十日振りのことだ。彼女はこの店の常連だが、昼食をとらない日が多く、また時間もまちまちであるため、なかなか会うことができない。

何を食べようかなと考えつつ、僕は厨房に目を向けた。今日も親父さんは全力でフライパンを振るっている。見慣れていても、空中を舞う肉と野菜の量には毎回驚かされる。この近辺には大学が複数あり、定食のボリュームをウリにしている飲食店がいくつかある。マル喜もそんな店の一つだが、定食は一律六百円、おかずは皿に山盛りで、ご飯はお代わり自由というのは、サービスしすぎだと思う。

僕はおしぼりで手を拭き、「最近、実験の調子はどうですか」と久理子さんに話し掛けた。

「あんまりだね、正直なところ。細胞の機嫌が悪いんだ」と久理子さんが唇を尖《とが》らせた。彼女は僕より三つほど年上だが——年齢的にはアラサーに該当する——そういう子供っぽい仕草をすると、とても可愛《かわい》らしく見える。

久理子さんのフルネームは「友永《ともなが》久理子」という。この近所にある国立T大学の理学部で助教をしている才女だ。いわゆるリケジョである。

「細胞の機嫌が悪いというのは？」と尋ねると、「思った通りに育ってくれないってこと」という返事。僕は根っからの文系人間なのだが、久理子さんは研究の世界だけで通じる言葉遣いをするので、時々こうして確認しておかないと、喋《しゃべ》っている意味がまったく取れなくなってしまうことがある。

「iPS細胞は扱いが難しいですか」

「うーん、手の掛かる子供って感じ？」と久理子さんが小首をかしげる。「どんな細胞にでもなりうるポテンシャルがあるってことは、逆に言うと、きちんとコントロールしないと、狙った細胞には成長しないってことなんだよね」

なるほど、と僕は頷いてみせた。久理子さんはiPS細胞研究の専門家で、今は特に、腎臓を作るための研究に精を出している。腎臓は一度壊れてしまうと再生が不可能で、血液を綺麗《きれい》に保つために人工透析を受けなければならなくなる。人工透析は週三回行われ、毎回病院に足を運び、四時間以上もベッドに横になっていなければならないそうだ。この大変な負担を軽減するために、久理子さんはiPS細胞から腎臓を作ろうとしている。僕は完全な門外漢だが、極めて立派で重要な研究だと思う。

「腎臓はいつくらいにできそうですか」

「難しいね。まだかなり掛かるとしか言えないくらい、先は長いよ。ただ、研究してて思ったのは、必ずしも完全な臓器を作る必要はないってことなんだよね。要は、腎臓の機能を代替できればいいんだよ。だから、まずは糸球体《しきゅうたい》を作るところから……あ、来た来た！」

チキンカツ定食が運ばれてきたところで久理子さんは説明を切り上げ、人生で今が一番幸せだというような笑顔でウスターソースを手に取った。器用に片手で蓋《ふた》を開け、逆さまにする勢いでソースをチキンカツに掛け始める。大男の草鞋《わらじ》を思わせる巨大チキンカツが、みるみるうちに黒く染まっていく。皿に載ったキャベツの千切りまでもがソースまみれになったところで、「よしっ」と久理子さんは割り箸を手に取った。

「いただきまーす！」

言うが早いか、彼女が大口を開けてチキンカツにかじりついた。ざくり、と心地いい音を立てて噛《か》み切り、もむもむと数回咀嚼《そしゃく》したところで、茶碗に山盛りになったご飯をすかさず口に詰め込む。ハムスターのように両頰が膨らんでいるが、そんなことは委細構わずとばかりに久理子さんは猛烈な勢いでチキンカツとご飯を胃に収めていった。

「それで、江崎くんは最近どうなの」

久理子さんがようやく僕の方を見てくれた時には、皿も茶碗も綺麗に空っぽになっていた。僕は自分の麻婆茄子《マーボーなす》定食を適当につまみながら、「そうですねえ」とため息をついた。「やや難しい案件に携わってまして」

「ふうん。どんなの？」

守秘義務があるので個人名は明かせなかったが、僕は関わっている事件の概要をかいつまんで説明した。

すると久理子さんは左右に視線をさまよわせて、「うーん？」と首をひねった。「大学教授が自宅で亡くなったって……それ、もしかして、W大学の鷹野先生？」

「え、なんで分かったんですか」

と僕が驚くと、「ダメだよ、江崎くん」と久理子さんが苦笑した。「せっかく名前を伏せたんだから、正解を言われてもうまくとぼけなきゃ」

確かに。僕は頭を掻いて、「次回から気をつけます」と反省した。「それで、どうして久理子さんは一発で鷹野氏だと見抜いたんですか？」

「直近で亡くなった先生で思い浮かんだのが鷹野先生だっただけだよ。先生は准教授をしてる奥さんと一緒に、iPS細胞から心臓を作ろうとしていたんだ。別の大学の先生だけど、亡くなったってニュースは私の耳にも入ってるから。……でも、驚いたな。江崎くんが調査を担当してるなんて。奥さんの美鈴さんには会った？」

「事情を伺うために、一度お会いしました。家に帰ったら、隆三氏が自室で亡くなっていたという話でしたね」

「警察は部屋の中を調べたの？」

「ええ。ドアも窓も内側から施錠されていたんですが、異常死なので一応。ただ、特におかしな点はなかったとのことでした」

「ふーん」と言って、久理子さんは味噌《みそ》汁をすすった。「客観的に判断すると、明らかに病死だよね。何か問題があるの？」

いやあ、と僕は照れ笑いを浮かべた。

「根拠はないんですが、なんとなく違和感があって。すんなり問題なしと報告していいか迷っているんです」

「直感ってことか」久理子さんは小皿に載ったたくあんをポリポリとかじる。「要はさ、疑ってるんでしょ、鷹野美鈴さんを」

「え？」と僕は動かしていた箸を止めた。「疑うって……」

「保険金殺人なんじゃないかって、心の中で思ってるんでしょ」

昼時の定食屋にはあまりにも不釣り合いな単語に、カウンターにいた数人が一斉にこちらに視線を向けてきた。僕は彼らに愛想笑いを返して、「……仮にそうだったとして、どうやって実行したんでしょうか」と小声で尋ねた。

鷹野隆三氏は、窓やドアが施錠された部屋——いわゆる密室で死んでいたのだ。彼を殺そうとすれば、何らかのトリックを使うしかないだろう。

「美鈴さんの思考をトレースできれば、簡単に分かるんだけどね」

久理子さんは右手の人差し指でこめかみを指した。

「トレースって、書き写すって意味ですか」

「〝追跡〟の方が近いかな、ニュアンス的には。殺人に至る背景、手法、材料、実施過程、その結果……それらの要素を、科学的思考に基づいて順にたどっていけば、おのずと犯行の全貌が見えてくるでしょ。ま、今は情報が少なすぎて無理だけどね」

「え、じゃあ……」僕は久理子さんの顔をまじまじと見てしまう。「充分な情報があれば、事件の真相が分かるってことですか？」

「たぶんね」久理子さんは立ち上がり、椅子の背に掛けてあった白衣を羽織った。「ねえ、江崎くん。鷹野美鈴さんと会えないかな。聞いてみたいことがあるんだ」

「調査に協力してくれるってことですか」

「うーん。協力……ではないかな。ちょっと確認したいだけだから」

「それでも構いません。近いうちに彼女の自宅を訪ねることになっています。ぜひ、その時にでも！」

「じゃ、また連絡して。あ、それ、冷める前に食べた方がいいよ」

さっさと会計を済ませ、久理子さんは手をひらひらと振りながら店を出て行った。

予期せぬところからもたらされた救いの手に、僕は気持ちの昂《たかぶ》りを抑えきれなかった。シンプルに、久理子さんと一緒に調査できることが嬉《うれ》しかった。

これを機に、僕たちの関係も一歩前進できれば……。

僕はそんなことを考えながら、幸せな気分で麻婆茄子定食を口に運んだ。

3

二日後、午前九時。僕は久理子さんが勤める、T大学の正門の前にいた。

高さ三メートルはあろうかという大がかりな門は、敷地の外に向かって開かれている。僕は門の脇に立ち、もう一度久理子さんに電話をかけた。出入りする学生たちを横目に、しばらくスマートフォンを耳に当てていたが、彼女が電話に出る気配はない。

鷹野美鈴さんとの面会の約束を取り付けたのは昨日の夜で、それから久理子さんにメールを送り、何度か電話もしたが、今のところは何の音沙汰もない。彼女にはこういう気まぐれなところがある。実験に夢中になると周りのことが目に入らなくなるのだ。

仕方ない。僕は気を取り直し、正門をくぐってキャンパスに足を踏み入れた。

ここに来るのは二度目だった。以前、久理子さんに案内してもらったことがある。その時の季節は秋で、歩道沿いのイチョウ並木は強烈な銀杏《ぎんなん》臭に包まれていた。今はまだ、イチョウたちは青々とした葉を茂らせている。

このT大学は、都心部にあることを忘れさせるほど自然にあふれている。高さ十メートルはあろうかという木々が何百本もあり、旺盛に伸びた枝が歩道に大きく張り出している。また、東西の幅が一キロ近くもある広大なキャンパスの中央には、テニスコートが二面くらいすっぽり収まってしまいそうな巨大な池がある。池は鬱蒼《うっそう》とした森に囲まれていて、鯉《こい》や鴨《かも》、その他得体のしれない生物たちが伸び伸びと暮らしている。河童《かっぱ》の目撃情報があるらしいが、本当に棲息《せいそく》していたとしてもおかしくないと本気で思う。

久理子さんも、よくキャンパスを散歩するのだという。体を動かすと頭の働きがよくなるそうだ。

彼女に倣《なら》って、景色を楽しみながらぶらぶら坂道を下っていくと、コルク色の真新しい建物が見えてくる。八階建てで、一階部分はぐるりを石造りの柱に囲まれており、四階から上の壁面はみっしりとガラス窓に埋め尽くされている。理学部二号館。数年前に建て直されたというこの建物の四階に、久理子さんの研究室はある。

中に入ると、すぐそこがエレベーターホールになっている。僕は白衣を着た何人かの学生と共にエレベーターに乗り込んだ。

前回、久理子さんに案内してもらった時も感じたが、建物の中にいると圧迫感を覚える。知の重みとでもいうのだろうか。この中で、自分にはまったく理解のできない高度な研究が行われていると思うと、それだけで僕のような文系人間は簡単に萎縮してしまうのである。

四階でエレベーターを降りると、廊下に漂う独特の薬臭さに、僕は思わず息を止めた。それほどきつくはないが、長居すると頭が痛くなりそうだ。僕は口呼吸をしながら歩き出した。

無駄なものが置かれていない、イエローのリノリウム張りの廊下を進んでいく。廊下の左右に等間隔に鉄製の扉が並んでいて、ドアに嵌《はま》ったガラス窓から、正体不明の機器が並んでいるのが見える。謎の装置を使って謎の実験をしているのだろう、ということしか分からない。まるで悪の秘密基地だ。

僕は心持ち足早に廊下を進み、奥まったところにある実験室にたどり着いた。久理子さんは大抵、この部屋にいるそうだ。

出入口のドアの前に立ち、ガラス窓から中を覗いてみる。

久理子さんはすぐ目の前、横に長い実験台のところにいた。椅子に掛けている誰かに話し掛けている。

喋っている相手は学生のようだ。白衣を着ている。身長はそれほど高くはない。黒い髪はちょうど耳を隠すくらいの長さだ。

とその時、その学生がふいにこちらに目を向けた。

うっ、と僕は息を呑んだ。――なんて美しい男なのだ。

見ようによっては女性にも見える中性的な顔立ちで、その完成度は絵画を超えてもはやCGのようですらあった。人の手ではない、精密にコンピューターで制御されることによって初めて生み出される、均整の取れた美がそこにあった。

男は表情を変えることなく実験台の方に向き直り、机の上の顕微鏡を覗き始めた。久理子さんは彼の傍らに立ち、肩を抱くようにして耳元で何かを囁《ささや》いている。互いの体温が必然的にやり取りされる二人の密着度に、僕は強烈な不快感を覚えた。誰だか知らないが、そんなにくっつく必要はないだろう。しかし、肩を抱いているのは久理子さんの方であり、僕が異を唱えること自体おかしいと言えなくもない。

そうしてもやもやを抱えながらガラス窓に額を押し当てること一分あまり。久理子さんがようやく僕に気づき、実験台を離れてこちらに近づいてきた。

ドアを開け、「おはよう」と彼女は微笑《ほほえ》む。まったく後ろ暗いところのない笑顔に、「おはようございます」と僕はさっきまでのあれこれを封印して答えた。

「メールくれた件でしょ。ごめんね、思ったより実験が忙しくって」

「大丈夫ですか？　そろそろ出発しないとまずいんですが」

「分かった。じゃあ出ようか」

「――友永さん、どうしたんですか」

ハスキーな声と共に実験室のドアが開き、例の美男子が廊下に出てきた。

「ああ。花ちゃん。ちょっと外出するから、実験を続けててくれるかな」

久理子さんの指示に対し、彼は素直に「分かりました」と頷き、僕をちらりと見てから実験室に引き返した。

「が、学生さんですか」

つっかえながら尋ねると、「そう。修士課程二年生の花ちゃん」と久理子さんが教えてくれた。「本名は花塚優《はなつかゆう》っていうんだけどね。どう、江崎くん。あの子、びっくりするくらいイケメンでしょ」

「え、ええ……」頷くしかなかった。「さぞかし女子にもてるでしょうね」

「そうそう。困っちゃうくらいなんだって」

久理子さんは実に楽しそうにそう言って、脱いだ白衣を廊下のロッカーに入れた。


そうして、僕は久理子さんと共に台東区にやってきた。例の現場は、隅田川に面した十六階建てのマンションの十階である。

くだんのマンションの前でぐるりと周囲を見回し、「なかなかいい景色だね」と久理子さんが感想を口にした。まったくの同感だった。すぐ目の前に東京スカイツリーがどーんと建っている。東京という街が進化していく、その最前線がここにある。

「賃貸だそうですが、家賃は相当でしょうね。大学教授は儲《もう》かるんですね」

「若いうちは教授でもそこまで給料は高くないよ。W大学は私大だから、また事情が違うかもしれないけど」

そんな話をしながら、僕たちは十階に上がった。エレベーターを降りて外廊下を進んでいった突き当たりに、一〇〇六号室があった。

「事件があったのはいつだっけ」

「六月三日ですね。土曜日です」

「半月前か。江崎くん、ここに来たことは？」

「初めてですね。鷹野美鈴さんとはウチの事務所でお会いしたので」と答えて、僕はインターホンのボタンを押した。

「へえ、これ、指紋認証なんだ」と久理子さんがドアの脇の白い箱に目を向ける。

「そうなんです。最新式のセキュリティだそうで」

などと説明していると応答があり、「どちら様ですか？」と尋ねる声が聞こえてきた。

「懇誠リサーチの江崎です」と名乗るとすぐにドアが開き、中から鷹野美鈴氏が顔を覗かせた。久理子さんとは対照的に美鈴氏は髪が長く、今日はそれを頭の後ろで一つにまとめていた。顔の皮膚が若干引っ張られているせいか、目つきが前に会った時より鋭いように感じられる。

前回、事務所で話を聞いた時にも思ったが、彼女は三十七歳にしては若く見える。亡くなった隆三氏は五十五歳だったそうなので、単純計算で十八の年の差があることになる。

美鈴氏は僕の隣にいる久理子さんに目を留め、「そちらは？」と廊下に出てきた。

久理子さんはすかさず名刺を取り出し、「T大の友永と申します」と名乗った。

名刺を見て、美鈴氏が「ああ、あそこの……」と頷く。「でも、どうして保険調査員の方と一緒に？」

「彼は私の知人でして、鷹野先生に会いに行くと聞いて、無理を言って連れてきてもらったんです。ぜひ、先生に伺いたいことがありまして」

久理子さんのその言葉で、ぴりっ、と空気が張りつめた感じがあった。

美鈴氏は視線に警戒心を漂わせながら、「何を訊きたいの？」と尋ねた。

――隆三さんをどうやって殺したんですか？

僕は密《ひそ》かにそんな質問を期待していたのだが、出てきたのは似ても似つかぬ問いだった。

「iPS細胞から心筋細胞を作る時のコツを教えていただけませんか」

意表を突かれたのか、美鈴氏も「え？」と不思議そうな顔をしている。

「私は今、腎臓の組織を作る研究をしているのですが、分化のコントロールがどうもうまくいかなくて、苦労しているんです。心臓と腎臓という差はありますが、鷹野先生独自のノウハウを伺えればと思いまして」

「それは論文を読んでもらえば分かると思うけど」

「公になっていない、隠しテクニックのようなものが伺いたいんです」と久理子さんは食い下がる。「細胞への遺伝子導入はウイルスですよね」

「そう。でも、わざわざ人に教えるほどのことはないわよ。常識的なやり方」

「細かいことでいいんです。何かありませんか？」

美鈴氏は嘆息し、「詳細な検討は行っていないけど、培養液に加えると細胞の挙動が大きく変わる物質をいくつか見つけてる」と言った。「そんなのでよければ教えようか？」

「お願いします」

久理子さんがすかさずメモ用紙を取り出した。美鈴氏はアルファベットと数字が入り混じった、暗号めいた単語をいくつか挙げ、久理子さんは真剣な眼差《まなざ》しでそれらをメモしていった。たぶん、実験に使う物質なのだろう。

「……ま、こんなところかな」

「ありがとうございます。大変参考になりました！」

　久理子さんは深々と頭を下げ、こちらに背を向けた。平然と廊下を歩いていく彼女を、僕は慌てて呼び止める。

「ちょっとちょっと！　帰っちゃうんですか？」

「うん」と久理子さんはあっけらかんと頷いた。「知りたかった情報は手に入ったし」

「それは……」僕は美鈴氏に聞こえないように小声で訊く。「トリックを見抜くために必要な情報ということですか」

「ごめん、江崎くん。同行させてもらったのは、彼女と研究の話がしたかったからなの。事件のことは、今は全然、何も分かってない」

「ええ……」全身の力が抜けそうになったが、僕はかろうじて堪《こら》えた。「せっかくですし、現場を見ていってくださいよ。思考をトレースする役に立つんじゃないですか」

「大丈夫？　鷹野先生が不審がるよ」

「僕が理由を考えますから。お願いします」

　僕は美鈴氏のところに取って返し、「隆三氏が生活をしていた書斎をぜひ見たい！」と彼女が切望している、と虚偽の説明をして、なんとか入室の許可を取り付けた。

　書斎の広さは八帖《じょう》ほどで、形はほぼ正方形。床はフローリングだ。部屋の右側にはベッドと机が、左側には据え付けのクローゼットがある。正面に高さ二メートルほどの書棚が置かれていて、すべての段に小難しそうな専門書が詰まっている。出入口は一か所だけで、ドアは内開きだ。右手側の壁、ベッドのそばに外廊下に面した窓があるが、外側に鉄製の格子が嵌っており、猫であってもそこから出入りすることは不可能だろう。

久理子さんは室内をぐるりと見回し、「よく整頓されていますね」と言った。

「主人は几帳面《きちょうめん》な人だったから」と、廊下から美鈴氏が答える。

「鷹野隆三先生は、亡くなられた当日はどうされていたんですか」

「夏風邪をひいていて、大学には行かずに休んでいたの」

「ドアも窓も、部屋の内側から鍵が掛かっていたそうですが」

「癖だったのよ、あの人の。施錠によって外と切り離されることで集中力が増すとか」

ふうん、と呟き、美鈴氏に断ってから、久理子さんは書斎のドアを閉めた。彼女はドアレバー回りやサムターンを子細に観察していたが、何を思ったか突然床に這《は》いつくばり、ドアの下の端を指でなぞり始めた。

「どうしました?」

「……ここ、隙間があるなと思って。換気のためだろうね」

久理子さんに言われ、僕も床に頬を付けるようにしてドアの下部を観察した。確かに、床との間に、一センチに満たない程度の隙間がある。

久理子さんは室内をぐるりと見回し、「ま、こんなところかな」と腰に手を当てた。

僕は立ち上がり、「どうですか？」と、ドアの向こうの美鈴氏を警戒しながら尋ねた。

「どうもこうも。今のところは特に何もコメントすることはないよ」

そう言って、久理子さんは部屋の時計に目を向けた。

「そろそろ帰らなきゃ。実験の続きがあるから」

久理子さんはドアを開け、廊下で待っていた美鈴氏に突然の来訪を詫《わ》びると、本当にそのまま帰ってしまった。

取り残された僕は、非常に気まずい思いをしながら、美鈴氏にいくつかの質問をした。それは、彼女のアリバイや隆三氏の遺体を発見した前後の行動に関するもので、すでに尋ねたことのある問いだった。

美鈴氏は僕の質問に的確に答えていった。詳細な点まで確認するため、僕は追加でいくつか質問したが、彼女の証言に不審な点を見つけられず、結局、大した収穫もなく引きあげるしかなかった。

4

翌朝。僕が事務所に顔を出すと、一之瀬所長が満面の笑顔で近づいてきた。

「おはようございます」

「おう。江崎、見たぞ昨日」所長がグリズリーめいた腕を僕の肩に回す。「T大の先生と二人で歩いてただろ」

「ええ。例の大学教授の一件で。ぜひ奥さんに会いたいと言っていたので、彼女に同行してもらいました」

「なんだ、そうなのか。つまらねえな」と所長は眉間《みけん》にしわを寄せた。「仕事をさぼってデートにでも行ったのかと思ってたのにな」

「そんなことしませんよ」

「アホ。しろって言ってんだよ。……なあ、江崎よ。お前、あの先生と付き合ってるのか？」

「……世間一般の判定基準に従うなら、答えは『ノー』になると思います」と僕は答えた。嘘でも照れ隠しでもない、真っ当な事実に基づく回答だ。

久理子さんと初めて出会ったのは今から一年前。昼食時にマル喜に入ってみると、カウンターに彼女が座っていた。正直に告白すれば、僕は最初、彼女の外見に強く惹《ひ》かれた。髪がさっぱりと短くて、いかにも快活そうな女性が僕は好きなのだ。

僕は勇気を出して彼女に声を掛け、当たり障りのない雑談をした。それからは僕もマル喜の常連になり、久理子さんと時々、互いの近況を話し合う仲になった。

無論、そんなほんわかした関係だけで満足しているわけではない。何度か彼女をデートに誘ったこともある。ただ、久理子さんは研究が忙しく、今まで一緒に遊びに行けたのは二回だけ。一回目は映画で、彼女は開始五分程度で眠りに落ちてしまった。二回目は水族館で、彼女は入ってしばらく行ったところにあったベンチに腰を下ろすや否や、また寝てしまった。彼女曰《いわ》く、暗いとすぐ眠くなるとのこと。次は動物園に行こうと思っているが、今のところまだ実現できていない。

僕がこれまでの経緯をかいつまんで話すと、一之瀬所長は大きなため息をついた。

「江崎。お前には肝心なものが足りていない」

「なんですか？」

「強引さだよ」と所長は断言した。「研究に夢中なリケジョを振り向かせたいなら、もっと熱烈にアピールしないといかんだろう」

「はあ、アピール……」

確かに僕の中には遠慮がある。やろうと思えば、T大の正門前で彼女を待ち構えることもできる。でも、そうはしたくない。久理子さんに精神的な負担を与えたくない。

僕は研究に夢中な久理子さんを見ているだけでハッピーだし、なるべく彼女の生活に波風を起こしたくないと思っている。ゆえに、彼女に対するアプローチはどうしても「待ち」の姿勢にならざるを得ない。久理子さんがリラックスしている時に、たまたまそばにいられたらそれでいいのだ。

といった僕の考えを説明すると、所長は「かあーっ！」と言って両目を手で覆った。

「もどかしいったらありゃしないなお前は！」

「多少の自覚はあります。なんかすみません」

「馬鹿野郎。俺に謝ってる場合か」一之瀬所長は太い腕で僕を摑んで、その場で回れ右をさせた。「今から先生のところに行ってこい」

「行くって何をしにですか」

「知るか。理由はお前が考えるんだよ。ほら、ぐずぐずしてたら逃げちまうぞ」

所長に突き飛ばされ、僕はつんのめりながら廊下に出た。

「成果があるまで帰ってくんなよ」と宣告し、所長は音を立ててドアを閉めてしまった。

やれやれ。僕は深いため息と共に歩き出した。一応、行くだけ行ってみるか。

ということで、僕は昨日に引き続きT大へとやってきた。

考えてみれば、鷹野美鈴氏の自宅を訪ね、現場を確認したことについて、まだ久理子さんと話ができていなかった。用がないわけではないのだから、堂々とすればいいじゃないか、と気持ちを切り替え、僕は久理子さんの実験室に向かった。

昨日と同じようにドアの窓から部屋の中を覗いてみるが、久理子さんの姿は見当たらない。死角になる位置にいるのか、どこかに行っているのか。中に入るべきかどうか逡巡《しゅんじゅん》していると、「何か御用ですか」と背後から声を掛けられた。

見ると、昨日、久理子さんと密着しながら顕微鏡を覗いていた学生がいた。確か、花塚優とかいう名前だったか。

「あの、友永さんは」

「別の部屋で実験をしています」と彼は例のハスキーボイスで答えた。「集中したいので、来客があっても対応はできないそうです」

「あ、そうなんですか……」

やはり、と僕は思った。昨日から何度か久理子さんに電話をかけているが、まったく応答がない。実験に熱中しているのだろう。きっと、鷹野美鈴氏との問答の中で、研究に関する重要なヒントを見つけたに違いない。

会える見込みは薄そうだ。僕は一礼し、踵《きびす》を返してその場をあとにしようとした。

「すみません」

花塚優に呼び止められ、僕は振り返った。

「……何か？」

「教えてもらえませんか。あなたは……友永先生の恋人なんですか」

彼は眉間にわずかにしわを寄せ、まっすぐに僕を見つめていた。

この野郎、と僕は思った。彼は僕を恋のライバルだとみなして、こんなことを尋ねてきたに違いない。

真剣な彼の表情から、僕は二つのことを察した。彼は久理子さんに想いを寄せている。そして、まだその想いは成就していない。要は、僕と同じ片思い組だということだ。

僕は無性にドギマギしながら、「友人です。とりあえず、今は」と答えた。

「そうですか。頑張ってくださいね」

嫌みかコイツ、と思ったが、僕は大人の余裕で「ええ、頑張ります」と返し、実験室の前を離れた。

しばらくしてから廊下の途中で振り返ったが、花塚の姿はすでに消えていた。

手持ち無沙汰になった僕は、T大の最寄駅から都営大江戸線に乗り込んだ。

電車に揺られることしばし。蔵前駅を出て南へ歩いていくと、隅田川警察署と書かれた看板が見えてきた。

ネクタイを直し、心持ち背筋を伸ばしながら中へと入る。受付で来客届に名前と会社名を記入し、「川中島《かわなかじま》さんをお願いします」と頼んでベンチで待つ。

中年女性が「カバンを盗まれたんです！」と必死の形相で訴えているのを眺めていると、廊下を歩いてくるぺたぺたという足音が聞こえた。

「呼ばれたから来たぞー」

目が合うと、川中島さんが笑いながら手を上げた。頭に白のタオル、黒縁眼鏡にグレーの作業着、それとスリッパ。仕事中は常にこのスタイルであるらしい。

今年四十歳を迎える川中島さんは、この隅田川警察署の鑑識係で働いている。事件現場に駆けつけ、証拠となりそうなものを収集、分析、保管するのが主な仕事だ。彼とは以前、別の事件で知り合った。今回の件でもすでに一度、話を聞かせてもらっている。

「すみません。お仕事中に」

「気にするなって。例のW大の教授の件だろ？　話を聞くのは俺でいいのかい？　なんなら刑事を呼んでくるが」

「いえ、いいんです。鑑識の方の意見が聞きたいんです」と僕は言った。

警察は隆三氏の死に不審な点はないと判断しており、捜査は行われなかった。刑事たちに話を聞いても、新しい情報は得られないだろう。いま知りたいのは、当日の現場がどうだったか、という点だ。その話をするなら、刑事さんを介するよりは、直接鑑識の人に聞いた方が手っ取り早い。

「そうか。じゃ、人のいないところでやるか」

彼に連れられ、僕は近くの会議室へと向かった。テーブルに向かい合って座ると同時に、「一体、何を疑っているんだ?」と尋ねられた。僕は曖昧《あいまい》に頷き、「別の可能性が気になってきて」と答えた。

「別のというと?」

会議室には僕たち二人しかいなかったが、「保険金殺人なんじゃないかと思って」と僕は声を潜《ひそ》めた。

「あの奥さんが旦那を殺したってことか? 面白い……もとい、興味深い説だが、どういう根拠で言ってるんだ」

「今のところはあくまで可能性にすぎません。ただ、検証する価値はあるかと」

「ふうむ」と呟き、彼は気合を入れるように作業着の袖をまくった。「分かった。訊きたいことがあれば遠慮なく言ってくれ。きな臭い話は嫌いじゃない」

「まずは鷹野隆三氏の死亡推定時刻です。死体検案書では六月三日の午前一時〜二時の間とありますが、見解は変わっていませんよね?」

「ああ。遺体発見が割と早かったからな。ほぼ間違いないだろうって話だ」

「そのことなんですが。発見したのは妻の美鈴氏と、それと、部屋の鍵を開けに来た業者の人間だったたんですよね」

そうだな、と川中島さんが頷く。「奥さんは研究室の学生たちと飲み会に行き、徹夜でカラオケをして、午前六時すぎに帰宅。で、二時間ほど仮眠を取って、そろそろ大学に行こうって段になって、旦那が部屋から出てこないことを不審に思い、心配になって業者に連絡。鍵を開けて書斎に入り、遺体を見つけた、って経緯だったはずだ」

美鈴氏は遺体発見の前日、六月二日の午前九時頃に、大学に向かうために家を出ていた。帰宅したのは翌朝だから、隆三氏はほぼ丸一日、ずっと一人で自宅にいたことになる。彼は夏風邪でかなり憔悴《しょうすい》しており、高熱を出して寝込んでいた――と美鈴氏は証言している。六月二日の朝、隆三氏は大学を休むことを自ら事務の人間に連絡しており、体調を崩していたのは間違いないだろうと思われる。ただ、その電話が偽物、あるいは隆三氏が何らかの理由で嘘をついた可能性はあるが。

「死亡推定時刻を含め、美鈴氏には確かなアリバイがありますよね」

「念のためにウチで確認したらしいな。証言は正しかったそうだ」

台東区のマンションから美鈴氏が勤めるW大学までは、公共交通機関を使うと三十分ほどかかる。タクシーやレンタカー（彼女は車を持っていない）を飛ばしてもそれほど変わらないだろう。美鈴氏は当日の日中はこまめに学生と話をしていたし、夜の飲み会やカラオケの時は常にそばに誰かがいたので、途中で抜け出してマンションに戻った可能性はありえない。

「常識的に考えれば、奥さんに犯行の機会はなかったと思う」

「第三者と共謀していた可能性はあると思います」

「無理じゃないか?」と川中島さんが首をかしげた。「あそこの部屋の玄関は、指紋認証だろう。部外者は入れない」

「その手のドアは、指紋を登録しておけば、住人以外でも開けられるんです。その点については、もう少し調べてみるつもりです」

「そうか。じゃあとりあえずアリバイは脇にどけるとしても、肝心の殺害方法が分からないぞ。外傷はなかったし、毒を使った様子もなかった」

「彼女は科学者ですよ。警察さえ気づかない、未知の毒を知っていてもおかしくないでしょう」

「まあ、それを言い出すとキリがないけどな」

「ひょっとすると、室内に証拠が残っていたのでは、とも考えたんですが、その辺はどうなんでしょう」

川中島さんは腕を組んで「むう」と唸《うな》った。「旦那が使ってたシーツや枕も一通り調べたし、床に落ちていた細かいゴミも掃除機で回収した。しかし、今のところ怪しいもんは何も見つかってない」

「……そうですか」と僕は肩を落とした。

「いずれにせよ、あんたは第三者犯行説を主張するわけだ。となれば、そいつが犯行現場周辺に痕跡を残したかどうか、しっかり調べる必要があるな。それと、指紋認証の件だ。うまく行けば、怪しい人物を炙《あぶ》り出せるかもしれない」

「そうですね。アドバイス、ありがとうございます」

具体的な証拠が見つかったわけではないが、調査の方針を確認できたことは、まあ一応、成果と言っても差し支えはないだろう。川中島さんに礼を言い、僕は席を立った。

久理子さんの意見も聞きたかったが、実験が忙しくてそれどころではなさそうだ。彼女が再び興味を示すまで、一人で頑張るしかない。

……そんな日が来るという保証はないけれど。

5

翌日。僕は単身、台東区内にある開錠キングにやってきた。事件当日、隆三氏の部屋を開錠した作業員が勤める会社で、雑居ビルの一室に事務所を構えていた。

事務机が並ぶ二十帖ほどの部屋に、数人の男性の姿がある。全員作業着で、電話をしていたり、パソコンに向かってキーボードを叩いたりしている。

事前に電話で連絡してあったので、対応はスムーズだった。事務所の奥の方にいた男性がやってきて、「魚住です」と名乗った。口の周りの黒々としたひげが印象的な、朴訥《ぼくとつ》とした雰囲気のある小柄な男性だった。彼の風貌は僕にカールおじさんを連想させた。鍬《くわ》や斧《おの》がよく似合いそうだ。

事務所内には会議スペースなどはないということだったので、僕は彼と共に同じビルの一階にある喫茶店に向かった。

一通り飲み物が揃《そろ》ったところで、「鷹野隆三氏の件を調べています」と切り出した。

「覚えていらっしゃいますか?」

「そりゃもう」と彼は大げさに頷いた。「五十年経ったって忘れられないですよ。見ちゃったんですから、死体を」

「部屋に入るまでの経緯を教えていただけますか」

「あそこの奥さんから、朝の八時過ぎにウチに連絡があったんですよ。鍵が開かないからなんとかしてくれって。それで私が駆け付けまして」

魚住さんは「私」と言ったようだが、僕の耳には「ワッシ」と聞こえた。

「部屋の前に着いた時、鷹野美鈴氏はすぐに出てきましたか?」

「出てきたというか、外廊下で待ってましたよ。若干イライラしてた感じはありましたね。着くと言った時間より私が遅れてしまったからだと思います」

途中で踏切に引っ掛かった上に少し道に迷ったせいで、予定より十五分ほど遅れたのだという。

「それから、すぐ家の中に？」

「そうです。書斎のドアが開かないということで、さっそく作業に取り掛かりました。金具を使ってピッキングで開ける方法もあるんですが、早くしてほしいということでしたので、ドリルでシリンダー部分を壊しました。破錠に掛かった時間は、一、二分くらいですかね。何の問題もなかったですよ」

「開錠後、部屋に先に入ったのはどちらでしたか？」

「そりゃ奥さんですよ。私は鍵を開けに来ただけですから。ただ、廊下で待っていてくれと言われたので、彼女がベッドに近づいていくところを、なんとなく見てました」

「その時、美鈴氏以外の人の気配を感じたりしませんでしたか？」

僕がそう尋ねると、魚住さんはとんでもない、というように首を素早く左右に振った。

「怖いことを言わんでくださいよ。私には霊感はありませんよ」

「あ、いえ、そういうことではなくて。誰かが隠れていたとか、そういうことはなかったかなと思いまして」

「あるわけないですよ。中に誰かいたなら、私を呼ぶ必要はないでしょう。その人がサムターンを回せば済むんだから」

確かに常識的に考えれば魚住さんの言う通りだ。彼は計画殺人の可能性など、つゆほども疑っていないのだ。

「他に何か気づいたことはありましたか？」

「……旦那さんが死んでるのを見つけたあと、ずっと部屋の中で警察が来るのを待ってたんですがね。奥さんの様子がちょっと、妙と言えば妙でしたね」

「どんな風にでしょうか」

「落ち着かない様子で、部屋の中を見回してました。何かを探しているような……まあ、動転してただけかもしれませんが」

なるほど、と僕は相槌を打ったが、あまり有用な証言とは思えなかった。

「鍵のことをお伺いします。隆三氏の部屋の鍵は、特別なものではなかったんですよね」

「そうですね。どこにでもある、普通のシリンダー錠です」

「合鍵を作ることは可能ですか？」

「まあ、できますな。そんなに複雑なものじゃないでしょう」

僕はもう一度だけ、家の中に誰かがいなかったかを尋ね、魚住さんに礼を言って喫茶店をあとにした。

続けて、僕は鷹野美鈴氏のマンションに足を運んだ。

玄関ロビーで、マンションの管理人にしてオーナーである六十代の男性が待っていた。訪ねていく旨は事前に伝えてある。「すみません、無理を言って」と僕は営業スマイルを浮かべた。

彼はこの辺りにいくつもマンションを持っている資産家で、ぷくぷくとよく太っており、ひと目見ただけで明らかにそれと分かる、男性アイドル風の茶髪のカツラをかぶっている。

そこにもう少しお金を掛けた方がいいと思ったが、もちろんそんなことは一切言わずに、「指紋認証の件、どうでしたか」と尋ねた。

「調べましたけど、二人しか登録されていませんよ」と言い、彼は手にしていたリストを差し出した。

受け取って確認してみる。頼んで調べてもらった、一〇〇六号室の指紋登録履歴だ。日時と名前、その脇に、〈登録〉あるいは〈削除〉の文字が記載されている。過去に一〇〇六号室に住んでいた人たちは何人かいたが、すべて指紋登録は解除されており、現在あの部屋に入室可能なのは、鷹野隆三氏、鷹野美鈴氏の二人だけだった。

「登録はどうやっていますか」

「私のところで一元的に管理していますよ。入居時と退去時にパソコンを使って登録します」

「個人が勝手に登録したりはできないんですね」

「無理ですな。部外者の出入りを制限するための仕組みですから。昔、別のマンションであったんですよ。部屋を借りた人と全然違う人が住んでたってことが。家賃を勝手に上乗せして他人に貸してたんです、その人。そういうことが二度とないように、厳密にやってますから」

管理人さんは自信満々にそう語った。一〇〇六号室に出入りできたのは鷹野夫妻だけだった、と考えるしかなさそうだ。

「ドアはオートロックだと伺いました。開けっ放しにしたり、ドアに何かを挟んだりすれば、他の人も入れるんじゃありませんか」

「それは無理です」と管理人さんは即座に否定した。「ロックが解除された状態が一分以上続くと警報が鳴りますから。それも私の方で分かるようになってます」

うむむ。となれば、誰かが招き入れない限り、部外者は中には入れないということか。……いや、まだ抜け道はある。美鈴氏が外出する際に、共犯者が代わりに家に入ることができる。共犯者は隆三氏を殺害後、合鍵で書斎を施錠し、悠々と玄関から脱出すればいい。

僕が黙って思考を巡らせていると、「もしよかったら、開閉記録を見ます？」と管理人さんが言った。

「開閉って、ドアのですか？」
「別にそんな機能は必要ないんですがね。勝手に記録が残るんですよ。一応、印刷してきたので」
渡された用紙には、事件前後の一〇〇六号室の開閉データが載っていた。日付と時刻だけの簡単なもので、そこにはこう印字されていた。
6／2　09：10　正常開閉
6／3　06：21　正常開閉
6／3　08：38　正常開閉
6／3　08：47　正常開閉
僕はじっと数字を見つめながら脳をフル回転させた。六月二日の朝の開閉は、美鈴氏が家を出た時のものだ。三日の朝のは彼女が帰ってきた時で、その後の開閉は、魚住さんを家に入れた時の記録だろう。三十八分と四十七分にドアを開けているのは、彼女が外廊下で魚住さんを待っていたからだ。つまり、隆三氏は二日から三日にかけて、一度も外に出ていないということになる。
このデータを、さっき組み立てた仮説に当てはめてみる。隆三氏は三日の夜中に亡くなっているから、共犯者が室内に入ったのは、二日の朝、美鈴氏の外出のタイミングしかない。隆三氏に気づかれないよう、家のどこかに身を潜めていたのだ。では、脱出したのはどの時刻だろう？　八時台の可能性もあるが、魚住さんと鉢合わせになるリスクを考えれば、六時に美鈴氏が帰宅した際に家を抜け出したと考えるべきだ。

「ちなみにですけどね」僕が結論を出しかけたところで、また管理人さんが口を挟んできた。「エレベーターホールの監視カメラの映像があるんですが、それも見ます？」

「それは、十階のですか？」

「そうですよ。何かあった時のためにつけた方がいいって警備会社の営業の人に言われて、全部の階に設置したんです。二日から三日に掛けての映像はＤＶＤに焼いておきましたから」

なんと用意周到な。僕は感心しつつ、ついつい彼の頭を見てしまった。それだけ気が回るのに、どうしてそんなにバレやすいカツラを選んだのか。

とにかく、データは多い方がいい。僕は彼に礼を言い、ＤＶＤを受け取った。あとで確認しよう。

「保険調査会社の人だって言ったよね、あなた」と管理人さんは辺りをきょろきょろと見回した。「鷹野さんの奥さん、何かやったの？」

「いえ、そういうわけではないんです。ただ、なにぶん保険金が高額なもので。支払う際には綿密な調査が必要になるんです」

「そうですか。私はてっきり、奥さんが勢い余ってやっちまったのかと思いましたよ」

「やったって……殺したってことですか」

そう訊くと、管理人さんは「証拠はないんですよ」と手を振った。「ただね」

「ただ、なんですか？」

「最近は、夫婦仲はあまりよくなかったみたいですよ。隣の部屋から何度か苦情が来たことがありましたから。一〇〇六の人が言い争いをしていてうるさいって」

「喧嘩《けんか》……ですかね。ちなみに、それはいつ頃のことですか？」

「割と最近ですよ。ここ半年くらいですかね」

「鷹野さんご夫妻がここに入居されたのは、今から七年前ですよね」

「そうそう。結婚してすぐにね。歳の差婚でね、私のところに挨拶に来た時、じろじろ見てしまいましたよ」

管理人さんの頭部を見てしまう今の僕のように、と僕は心の中でそっと呟いた。

「その当時はどうでした？　ギスギスした感じはありましたか？」

「いや、全然。なんていうんですか、昔ながらの夫婦というんですか。主《あるじ》としての権威を持った夫と、従順に付き添う貞淑な妻、という感じで。彼女は黙って旦那さんが喋るのを聞いてましたよ。笑顔ではなかったですけどね」

「……そうですか」

管理人さんの証言によれば、最近、隆三氏と美鈴氏の間には何らかの諍《いさか》いがあったようだ。

美鈴氏は元々、鷹野隆三氏の研究室の学生で、博士課程卒業後に研究室のスタッフとなった。彼女が三十歳の時に二人は結婚し、その五年後に美鈴氏は准教授に昇格している。大学四年生の時に研究室に配属されてからの十五年間、美鈴氏はずっと隆三氏の下で研究に従事してきた。男と女のことはいえ、二人は妻と夫である前に、生徒と先生という関係であったわけだ。長年にわたって築かれたヒエラルキーを考えれば、そう簡単に隆三氏に歯向かったりできないだろう。

それにもかかわらず、二人の間には、口論に発展するほどのトラブルが起きていた。それはあるいは、殺人の動機に直接繋《つな》がるほど根深いものだったかもしれない。

僕は事務所に戻り、さっそくマンションの管理人さんから借りてきたＤＶＤの確認作業に取り掛かった。

画面には、二基のエレベーターのドアと外廊下の端の方がばっちり映っている。白黒だが画質は悪くない。

エレベーターは二基とも、マンションの北端に設置されている。エレベーターホールから延びる外廊下は一本だけで、十階ならば、一〇〇一、一〇〇二号室の順に、南に向かって部屋が並んでいる。

各フロアの部屋の数は六つ。問題の一〇〇六号室は外廊下の突き当たりで、その先には非常階段に繋がるドアがある。このドアノブにはプラスチックのカバーが付いており、普段は使用できないようになっている。事件前後にこのカバーが外された形跡がないことは確認済みだ。つまり、六月三日の朝、鷹野家を出た何者かがいたなら、確実にこの監視カメラに映っているはずだ。

僕は緊張しながら、三日の朝に絞って早送りでＤＶＤを再生していった。

六時十九分。鷹野美鈴氏がエレベーターで上がってくる。エレベーターを降りた彼女はまっすぐに外廊下の方に向かった。徹夜明けなので無理もないが、表情は明るいとは言い難い。

問題はここからだ。僕は再生速度を通常に戻した。六時二十分、二十一分、二十二分。じっと画面を睨《にら》み続けるが、人影は現れない。そうこうしているうちに、時刻は六時半を回ってしまった。僕は首をかしげながら再び早送りモードにした。ぐんぐんと時間が流れていくが、一向に誰かが現れる気配はない。エレベーターは昇降していたが、十階で降りる住人はいなかった。

六月三日は土曜日だ。十階の住人たちは揃って休日の朝の惰眠《だみん》をむさぼっているのか、八時を過ぎても誰も姿を現さなかった。

そして、午前八時四十五分。画面にようやく動きがあった。エレベーターで上がってきた作業服の男性が、外廊下の方に向かうのがはっきりと映っていた。魚住さんだ。彼の証言の正しさはこれで証明された。

僕はもう五分ほど時間を進め、そこで再生を止めた。期待していた「何者か」の姿はどこにもない。僕は頭を掻いた。

僕は見当違いな推理を組み立てていたのだろうか？

いや、別の答えがあるはずだ。僕は必死で頭を働かせ、三つの可能性を捻《ひね》り出した。
①共犯者は一〇〇六号室の玄関ではなく、ベランダから脱出した。
②共犯者は一〇〇六号室を出て、十階の他の部屋に身を隠した。
③共犯者が一〇〇六号室を出たのは、事件のずっとあとである。
思いついてすぐ、①はかなり薄い可能性だと結論づけた。ベランダから下に逃げるとすれば、ロープの類を使うことになる。仕掛けを使ってそれを回収するとしても、階下の人間、あるいはマンションの裏手を通る人に目撃されるリスクは避けられない。一〇〇パーセント不可能とは言わないが、まずありえないと言ってよさそうだった。
②の可能性はどうだろう。僕はマンションの管理人さんに連絡を取り、一〇〇一号室から一〇〇五号室までのドアの開閉データをＦＡＸで送ってもらった。
結論を言えば、②の可能性も排除された。六月三日の午前〇時から午前九時までの間、それらの五つの部屋のドアは一度も開閉されていなかったのである。

となれば、残ったのは③だ。美鈴氏が帰宅しても、魚住さんが開錠に来ても、遺体発見後に警察がやってきても、共犯者はずっと一〇〇六号室に隠れ続けたのだ。これについては、三日以降の監視カメラの映像を確認すればはっきりするだろう。

ただ、これだけ注意深く行動しているのだから、マンションを出る時、共犯者は用心のために顔を隠していたはずだ。別ルートから、共犯者と思われる人物の特定を進める必要がある。

調査の方向性が具体化されたことに手応えを感じつつ、僕は鷹野美鈴さんに関する資料の再読を始めた。

6

翌日、午前十一時過ぎ。僕は鷹野氏の研究室がある、W大学のキャンパスをぶらぶらと歩いていた。T大ほどではないが、ここもやはり緑が多く、吹く風は心地よい。

僕は歩道脇に木製のベンチを見つけ、そこに腰を下ろした。細いフレームの自転車に乗った、流線型のヘルメットをかぶった外国人男性が目の前を通り過ぎていった。

背後に聳《そび》える大きな楠《くすのき》の伸ばした枝が、ベンチの周囲に斑《まだら》になった影を作り出している。僕は六月の日差しが降り注ぐ歩道を見つめながら、ため息をついた。

さっきまで、僕は鷹野夫妻の研究室——学内では鷹野研と呼ばれているそうだ——の学生たちに話を聞いていた。

隆三氏に持病はなかったか。体調が悪そうな様子はなかったか。亡くなった隆三氏と美鈴氏の仲はどうだったのか。研究方針を巡って対立するようなことはなかったか。特定の学生と美鈴氏が不適切な関係を持ったという噂《うわさ》はなかったか。あるいは不倫の噂はどうか。見慣れぬ人物と会っているのを見たことはないか。その他、些細《ささい》なことでもいいから、何か知っていることを聞かせてほしい——。

そんな風に、数人の学生に対していくつもの質問を重ねたが、返ってくる答えはほかったように同じだった。曰く、夫婦仲は極めて良好で、二人三脚で研究に挑んでいた。隆三氏は健康には気を配っていた。亡くなったことはすごく残念だ——そんな答えばかりだった。収穫はなかった、と言うほかない。

さて、これからどうしようか。楠の枝を見上げながらぼんやりしていると、「ちょっといいっすか」と誰かに肩を叩かれた。

見ると、白衣姿のひょろりとした男子学生が笑顔で立っていた。目が細く、吊《つ》り目がちなので、笑うと狐《きつね》の面にそっくりだった。

「お兄さん、保険調査員の人でしょう」

「どちら様ですか?」

「進藤《しんどう》といいます。ここの学生ですよ。鷹野研と同じフロアで実験してます」彼はそう言って、僕の隣に腰を下ろした。「さっき、知り合いから小耳に挟んだんですけど、鷹野美鈴先生のことを調べているそうですね」

「ええ、まあ」

噂が広がっているなら隠すこともないと思い、僕は頷いた。

「研究室の学生に話を聞いたんでしょう？　理想的な夫婦だった、みたいな答えばっかりじゃなかったですか」

「そうだね。まさにその通りだったよ」

「やっぱりね」と進藤という学生は細い目をさらに細めた。「学生はそうそう簡単に口を割らないですよ」

「うーん、そうか。キャンパスの外で、こっそり聞き取り調査をやればよかったのかな」

「大して変わらないと思いますよ。喋ったことがバレた時のリスクが高すぎますもん。進学するにしても就職するにしても、確実に悪影響が出ますから。コネって大事なんですよ。研究の世界でも」

「准教授の権力はそんなに強いの？」

「鷹野隆三先生は著名な人ですから、その右腕だった美鈴先生のパワーも強くなります。あの二人、最近は衝突ばかりだったみたいですけどね」

「そういう噂は、二人が住んでいたマンションでも出てたよ」

「そうでしょ? 俺も聞きましたよ。遅い時間に二人が教授室で言い争いをしてるのを。声のトーンは控えめでしたけど、夜はどうしても声が響きますから。話の内容までは聞き取れませんでしたけどね」

「あのさ、進藤くん、って言ったっけ。いいのかい、そんな話をして」

「将来に影響が出るんじゃないかって? 大丈夫ですよ。美鈴先生の力が及ぶ範囲は、自分の研究室とその関係先だけです。さすがにね。それに、俺、鷹野隆三先生への恩義があるんです」

「へえ、どんな?」

「カキってあるじゃないですか。果物じゃなくて貝の方。俺、大学三年の時にあれにあたっちゃいましてね。間が悪いことに、ちょうどその日に大学の試験があって。俺、死にそうになりながら試験を受けましたよ。当然、結果は最悪で、いくつもの講義で単位を落としかけたんです。そうしたら、鷹野隆三先生が俺のところに来て、『どうしてこんなに点数が悪いんだね?』って訊いてくれたんです。先生の講義、ちゃんと出てましたからね俺。もっとできるだろうと思ってくれてたんです。嬉しかったな、あれは」

在りし日の隆三氏を偲《しの》ぶように遠い青空を見つめて、進藤くんは鼻をすんと鳴らした。

「それで、先生が教務課に掛け合ってくれて、無事に再試験を受けられることになりました。あの人のお蔭《かげ》で、留年せずに済んだんですよ、俺は。学内じゃあ堅物だなんて言われて、正直あんまり人気はなかったですけど、それだけ正義感が強いってことじゃないですか。……いい先生でしたよ」

「なるほどね……」

彼の話で、僕は隆三氏の人となりを知らずにいたことに思い至った。自分の部下である美鈴氏を妻にしたり、近年は彼女と言い合ったりと、暴君のようなイメージを抱いていたが、それはあくまで隆三氏の一面にすぎなかったのかもしれない。

「ぶっちゃけた話、したいんですけど」進藤くんが僕の方に少し身を寄せてきた。「調査の内容は、保険金殺人に関するものですか」

「確証はないけど、可能性は検討してる」と僕は正直に答えた。

「やったかもしれないですよマジで。だって、美鈴先生、たぶん不倫をしてますよ」さらりと彼は爆弾発言をした。「大学の研究室って、実験に使う試薬や器具を、専門の業者から購入してるんです。その試薬会社の若い男と、美鈴先生が抱き合ってるのを見たことがあるんです。大学の駐車場に停《と》まってた、車の陰で」

超チャラい感じの男ですよ、と進藤くんは付け加えた。

「……それって有名な話?」

「みんな黙ってるけど、俺以外にも見た奴はいるでしょうね。堂々と抱き合うぐらいですし、常習的にいちゃついてたんじゃないですか」

調査員になって二年になる。数多くの人と触れ合う中で、僕もそれなりに成長してきた。嘘を見抜く力はまだ充分ではないが、会った人間が信頼に足るかどうかの判断はできるようになった。裏付けは必要だが、進藤くんの証言には真実味があった。

隆三氏と美鈴氏の言い争いは、彼女の不倫を発端とするものではなかったか。そして、隆三氏は美鈴氏に対し、何らかの反撃——研究活動の妨害、離婚の申し入れ、あるいは逆に離婚の拒否——を試みたのではないか。美鈴氏はそれに腹を立て、不倫相手と共謀して隆三氏を亡き者にしようとした……。

僕の推理に登場する共犯者。不倫相手の男がその役目を演じていたとしたら。

保険金殺人の可能性を最初に考えたのは、マル喜で久理子さんと喋った時だ。あの時は、まだその仮説を強く信じてはいなかった。直感だけで、証拠がまるでなかったからだ。

だが、不倫という新たなピースが出現したことで、荒唐無稽と思えた説が急に現実味を帯びてきていた。

ならば、次に会うべきは――。

同日、午後四時過ぎ。僕はW大学のキャンパスの端にある駐車場にいた。

自販機の前で飲み物を買う振りをしつつ、それとなく周囲に目を光らせていると、待ちわびていた人物が段ボール箱を抱えてやってきた。

歳はまだ若い。僕とそう違わないだろう。髪は明るい茶色に染められており、眉毛は細くカットされている。スーツを着ているが、正直あまり似合っていない。極彩色のアロハと短パンとサングラス。それが彼に一番似合う格好ではないだろうか。

僕はゆっくりと彼に近づいた。

「宮尾さん、ですね」

彼は僕の顔を見て、「はて」というように首をかしげた。「すみません、どちらの研究室の方でしょうか」

「ここの大学の関係者ではありません」

僕は自分の素性を告げ、鷹野隆三氏の件で調査をしていることを宮尾に説明した。

彼は僕を無視して自分の車の方に向かうと、片手で器用にバンのリアハッチドアを持ち上げ、抱えていた段ボール箱をそこに置いた。

「で？」と振り返り、彼は偉そうに腕組みをした。

「ある噂を聞いて、あなたに会いに来ました。鷹野美鈴氏と不倫をしているというのは、本当ですか」

へっ、宮尾は鼻で笑った。

「はいそうです、って認めるとでも思ってんの？

答える義務はもちろんありません。ただ、手間を省くために僕はあなたに訊いています。無言を貫かれるようなら、噂が真実かどうか、こちらで徹底的に調べることになります」

「あーあー、そういうこと。はいはい」と宮尾はワックスでつんつんに固めた髪の先をつまんだ。「面倒臭い人種だね、あんた。分かったよ、こそこそ付け回されるのもウザいから、正直に言いますよ。確かに俺とあの人は付き合ってるよ」

「いつからですか」

「一年ちょっとになるかな。こっちから声を掛けてね。とんとん拍子にこうなったんだよ。一応言っておくが、俺は独身だからな」

「隆三氏はそのことを……」

「知らなかったんじゃないの？　俺は何も聞いてないけどね」と宮尾は半笑いで答えた。調べられるものなら調べてみろ、と挑発されている気がした。「それであんた、結局のところ、何を知りたいわけ？」

「隆三氏が亡くなった状況について、多少気になるところがありまして」と僕は答えた。

「保険金殺人かもしれないって？　ありえねーよ」

「ありえるかありえないかは、こちらで調べますから」

宣戦布告のつもりで僕は言った。この男はクロだ。僕の勘がさっきからそう訴えかけていた。

「どうぞどうぞ、好きなように」宮尾は虫を追い払うように手を振った。「ただ、こっちに迷惑を掛けるような真似だけはやめてくれよな。その時は、最悪、あんたを訴えることになるぜ」

宮尾は笑いながら社名が書かれた白のバンに乗り込むと、車を急発進させた。

僕の鼻先を掠《かす》めるようにして、車が駐車場を出て行く。

安い挑発だ、と自分に言い聞かせ、僕は彼の車が遠ざかっていくのを睨み続けた。

7

それから一週間が経過した。

午後六時。事務所の自分の席で物思いにふけっていると、「どうなってる、例の件」

と一之瀬所長に声を掛けられた。

「いろいろ興味深い事実が出てきましたよ」

宮尾のことを調べ始めてすぐに分かったのは、奴の金遣いが非常に荒いということだった。自宅は高層マンションで、所有車は一千万円クラスのポルシェ911。おまけに競馬、競艇、パチンコにのめり込んでいると来ている。そういう生活を去年の春くらいから始めたようだ。ちょうど、美鈴氏との不倫が始まった時期だ。彼女が宮尾に金を渡しているのだろう。

「典型的なダメ人間だな」と所長が苦りきった顔で言う。

「金銭感覚だけじゃないですね。あの宮尾という男、女遊びもかなり派手なようです。美鈴氏との不倫に走る前は、複数人の女性と同時に付き合っていたそうですからね。今の試薬会社に就職する前は、ヒモのようなこともしていたとか」

「鷹野美鈴は、どうも悪い男に引っ掛かっちまったようだな」

「彼女のご両親はどちらも大学教授だそうで、いわゆる温室育ちだったようです。女子高を経て大学に入り、生物学を専攻、そしてそのまま鷹野隆三氏の研究室のスタッフになっています。男性とは、ほとんど交際したことがなかったんじゃないですかね」

「間男にそそのかされて、隆三氏を手に掛けた……か。ありそうな筋書きだが、問題は証拠だな。そっちはどうなってるんだ。憶測だけじゃ警察は動かないぞ」

「それなんですよね……」と僕はため息をこぼした。

美鈴氏には隆三氏を殺す動機があった。だが、肝心の証拠は未《いま》だに見つかっていない。僕の個人的な心証で言えば確実に「有罪」なのだが、このままでは生命保険会社への報告書に、「不審な点なし」と書かざるを得ない。

「そういや、お前が熱を上げてるリケジョ先生はなんて言ってるんだ。元はと言えば、保険金殺人説を唱え始めたのは彼女だろう」

「最近、会ってないんですよ。実験が忙しいみたいで」

「お前なあ」所長が僕の両肩を鷲《わし》掴みにした。「この前も言ったよな。お前には強引さが欠けてるって。向こうは事件に興味を示してたんだろ。なら、しつこいぐらいに会いに行けよ。せっかくのチャンスだろうが」

「事件にというか、事件の当事者にというか……」

「何をぶつぶつと。いいから行ってこいや！　成果だ成果。成果を持ってこい！　この前はうやむやにしてやったけど、今度はマジで事務所に入れてやらねえぞ！」

僕は所長に腕を引っ張られ、強引に事務所から追い出された。またこのパターンか。

僕は頭を掻いて階段の方に向かった。そろそろ、具体的な何かを持ち帰らないとマズそうだ。

ところで、自慢ではないが、僕は勘が鋭い方だと思う。子供の頃からそうだった。

例えば、今回のテストは点があまり取れなそうだなとか、掃除の時に誰かがふざけて先生を怒らせそうだなとか、そういう「いやーな気配」を感じた時は、たいていその通りになった。特に、悪い予感はよく当たる。

久理子さんのところに向かう途中、僕は何とも言えない危険な匂いを感じていた。一番起きてほしくないことが起こってしまいそうな、そんな気配があった。

そして、それはやっぱり、現実のものになった。

僕は久理子さんの研究室の前にたどり着き、前と同じように実験室の窓から中の様子を窺《うかが》った。そして、誰かと抱き合う久理子さんを見てしまったのである。

彼女が激しく抱き締めているのは、例の美男子学生——花塚優だった。彼の華奢《きゃしゃ》な体がひしゃげてしまいそうなほど、久理子さんは強く抱き付いていた。

……やっぱり、来るんじゃなかった。

暗澹《あんたん》たる気持ちでその場を離れかけた時、急に久理子さんがこちらを向いた。彼女は花塚の体を離し、小走りに僕のところにやってきた。

「やあ、どうしたの」

満面の笑顔である。僕は言葉にならない切なさを抱えながら、「ずいぶん嬉しそうですね。何かいいことでもあったんですか」と尋ねた。

「さっき、実験でいい結果が出てね。腎臓の組織の赤ちゃんみたいなのが初めてできたんだよ！　鷹野美鈴先生に教えてもらった化合物を培養液に加えたのがよかったみたい！」

それで、一緒に実験をしていた花塚と喜びを分かち合っていたわけか。

「これでようやく、実験も一段落かな」

「おめでとうございます」

「ありがと。じゃ、ちょっと散歩しようか。歩きながらの方が、頭が働くもんね」

「僕とですか？」僕は自分の顔を指差した。「実験のことは分かりませんが……」

「何言ってるの？　鷹野先生の件で来たんじゃないの？　その話をしようよ」

久理子さんがそう言って歩き出す。事件の話ができるのは嬉しいが、今はどうしても素直に喜べない。とはいえ断ることもできず、僕は彼女に先導されるように外に出た。

夕暮れのキャンパスには、どこかもの寂しい空気が漂っていた。一日が終わっていくという感慨。作られた自然でも、人間に備わっている郷愁を誘う力があるようだ。

「あれから、何か分かったこと、あった？」

「ええ。いろいろと調査をしました」

久理子さんは坂を下っていく。僕は彼女の隣に並び、これまでに判明した事実を、順を追って説明した。

「――とまあ、こんな感じです。密室の問題はほぼ解決されました。ただ、十階の監視カメラの映像、残っている分はすべて確認しましたが……宮尾らしき人物は映っていませんでした」

共犯者は、事件直後はまだ一〇〇六号室に潜んでいた。では、いつ家を出たのか。それをはっきりさせるため、ドライアイを発症しそうになりながら、六月三日以降の映像データをチェックした。ところが、監視カメラに映っていたのは十階の住人だけで、宮尾の姿はどこにも見当たらなかったのである。

「というわけで、僕の推理は不完全な状態で止まってしまいました」

僕の話が終わると、久理子さんは大きなため息をついた。

「江崎くん、監視カメラの映像、何十時間も見てたの？」

「ええ、そうする必要があると思ったので……」

「努力の方向が間違ってるんだよね」と久理子さんは首を振った。「密室がどうとか、アリバイがどうとか、それって枝葉末節でしょ。突き詰めて考えていくポイントじゃないよ。ごめんね。もう少し早くアドバイスしておけばよかったね」

「じゃあ、久理子さんは何が大事だと考えてるんですか」

「それはもちろん、『どうやって鷹野隆三先生を殺したか』に尽きるでしょ。警察の検視で怪しいと判断されたら、どんなに作戦を周到に練っていても意味がないもの。

本当に計画殺人を実行するなら、そこにこだわるはずだよ」

確かに、久理子さんの言う通りかもしれない。未知の薬物を使ったのだろうと決めつけ、あまり深く考えてこなかったが、Ｈｏｗの部分の正体も不明なままだ。

「今更こんなことを訊くのもどうかと思いますが……本当に計画殺人なんでしょうか。久理子さんはどう思います？」

この事件は「できすぎている」と思う。密室、アリバイ、不倫。怪しい要素がてんこ盛りだし、僕の直感も事件性を強く訴えている。しかし、それらはすべて「そうかもしれない」の域を出ない。

「手が空いた時にさ、鷹野美鈴さんの出した論文、全部読んでみたんだ」久理子さんは白衣のポケットに手を入れ、薄紫に染まった空を見上げた。「彼女の思考をトレースするためにね」

「トレース……」

――美鈴さんの思考をトレースできれば、簡単に分かるんだけどね。

以前、久理子さんはそう語っていた。それを実現するために、実験が忙しい中、合間を縫って鷹野美鈴氏の情報を――思考を精密に追うために――集めてくれていたのだ。

それだけで、僕はもう、全身が痺《しび》れるほど感激してしまった。

「私が彼女の立場だったら、ウイルスを使うと思う。美鈴さんはｉＰＳ細胞への遺伝子導入にウイルスを使ってるし、技術はあるからね。コクサッキーウイルスとかアデノウイルスとか、急性心筋炎を起こすウイルスが知られてるんだよ。それは普通に身近に漂ってるものだから、万が一血中から検出されても、疑われることはないだろうし」

それとね、と久理子さんは続ける。

「亡くなった時、隆三先生は夏風邪をひいていたでしょ。風邪をひいている時にその手のウイルスに感染すると、症状が遥《はる》かに悪化しやすくなるんだって」

「なるほど……」

「とはいえ、確実に命を奪うのなら、ウイルスに遺伝子改変を加えて悪性度を高める工夫をしておいたと思う。準備には数カ月は掛かるだろうから、計画的な殺人ってことになるけど」

「そのウイルスを、隆三氏に感染させたんですよね。それはどうやったんでしょうか」

「……そこなんだよね」と久理子さんは表情を曇らせた。「そこが、まだ分からないの。部屋の中からは、注射器や針は見つかってないんでしょ」

「鑑識の方の話だとそうですね」

「美鈴さんがアリバイをしっかり準備していたことから考えると、何日も前に感染させたってのは考えづらいよね。ウイルスの影響が出るのが遅いと、心筋炎を発症する時期の予想が難しくなるから。たぶん、ウイルスには即効性があって、死のタイミングをコントロールできたんだと思う。あとは、それをどうやるかだけど……」

久理子さんはそこで黙り込んだ。歩く速さは変わらない。思考に没頭し始めているようだ。今は余計なことは言わない方がよさそうだと思い、僕は彼女が口を開くのを待つことにした。

キャンパスの端の塀まで歩き、そこで方向転換。坂を上がったり下ったりしながら、いくつもの建物の前を通り過ぎる。

書籍部の前を通り、角を曲がってグラウンドの脇を直進すると、大きな池を囲う森が見えてきた。木々の密集度が高いため、一足早く、そこだけ夜の帳《とばり》が降りている。

周囲の様子などまるで気にしていないらしく、久理子さんは池の方へと続く石段を降り始めてしまう。森の中を少し進んだだけで、辺りの気配が変わった。苔《こけ》むした木の幹。くるぶしの辺りに突き出した笹の葉。しっとりと濡《ぬ》れたコンクリートの小道。得体のしれない虫の啼《な》き声。怪しい波紋が現れては消える池の水面。不気味の一言だった。今にも暗がりから化け物が現れそうだ。

僕はたまらず、「あの、久理子さん」と彼女を呼び止めていた。

少し先を歩いていた久理子さんが「なに？」と立ち止まる。

「暗いですし、池に落ちたら大変ですから、戻りませんか」

久理子さんは頭上を見渡し、「ごめん、ぼんやりしてた」と苦笑した。

「行きましょうか」

「……待って」

久理子さんはいやに真剣な表情をしていた。そのつぶらな瞳で僕の顔をじっと見ている。心臓の鼓動が急激に速くなっていく。こんなに彼女に見つめられたのは初めてだった。

これはもしや……。

僕はごくりと唾を飲み込んだ。ひと気のない、暗い森の中。見つめ合う男と女。初めてのキスを交わすのに、これ以上のシチュエーションはない。人によっては異論があるかもしれないが、体内を駆け巡る血液が僕にそう思い込ませた。

「く、久理子さん」

僕は彼女の肩を摑もうと、そっと手を伸ばした。

次の瞬間。

久理子さんは真顔のまま、思いっきり右手を振った。

強烈な張り手が僕の頰を打ち据え、森の中にぱしーん、という乾いた音が響き渡った。

いきなりの衝撃と痛みに、涙が出そうになった。というか出た。「す、すみません」と僕は反射的に謝っていた。

久理子さんは自分の手の平を見つめたまま黙っている。僕は息を呑んだ。その目は異様なほどに真剣で、とても話し掛けられる雰囲気ではない。僕にはじっと立ち尽くすことしかできなかった。

二分ほどが経過した時、久理子さんがゆっくりと顔を上げた。

「思考をトレースできたよ、完全に」

「え？」と間抜けな声が出た。「それって……」

「美鈴さんがどんな手を使って隆三先生を殺したのか。その答えが分かったの」と、久理子さんは確信めいた口調で言った。「問題は、証拠がどれだけ残っているかだね。とりあえず、彼女の血液を手に入れる必要があるかな」

何がどうなっているのかさっぱり分からなかったが、「採血はこちらで手配しますよ」と僕は言った。

「病院でやるんでしょ？　それはできれば避けたいかな。こちらの意図に気づいて、向こうが逃げを打つかもしれないから。相手には何も伝えずに、裏付けを進めないと」

「じゃあ、どうやって……」

久理子さんはにやりと笑い、右の手の平をこちらに向けた。

「目には目を、歯には歯を。そして——」

8

苛立ちと共に通話を終わらせ、鷹野美鈴はスマートフォンを机に投げ出した。

ソファーで煙草をふかしていた宮尾が、「なんて言ってるんだ、生命保険会社は」と立ち上がった。

「審査中だから、もう少し待ってくれって」

鷹野は脚を組み替え、はあっと息を吐き出した。

「怪しまれてるんじゃないだろうな」

「そんなわけないでしょ」と鷹野は自らに言い聞かせるように言った。「気づかれるようなヘマはしてないから。あれから調査会社の人間は何も言ってこないし。保険金の額が大きいから、慎重になってるだけ」

「ならいいんだけどな」

宮尾は携帯用の灰皿に煙草を落とし、鷹野のところにやってきた。宮尾が抱き付いてこようとするのを、鷹野はやんわりと押し返した。

「そういうことするなら、鍵を掛けてから。学生が入ってくることもあるの」

ここは大学の教授室だ。ホテルの一室でも宮尾の自宅でもない。

「見られたっていいじゃないか。どうせ近いうちに籍を入れるんだしよ」

「そういう問題じゃないの。威厳ってものがあるんだから」

鷹野は嘆息した。以前にも同じように注意をしたことがある。あれは、キャンパス内の駐車場だったか。抱き合っているところを誰かに見られてから、鷹野は自分の振る舞いには気を遣うようになった。

「そういや、ここの教授になれそうなのか？」

「難しいかな。私はまだ三十代だから、新しい教授が来ると思う。もしかしたら、地方の私大の教授になれるかもしれないけど」

「転勤か。ま、安心してくれよ。俺はどこへでもついていくからさ」

そう言い、宮尾は背後から鷹野を抱きすくめた。

その時、鷹野のスマートフォンが着信を告げた。画面には、江崎の名前が出ていた。

「……もしもし」

「ああ、どうも。お世話になっております」

江崎が落ち着いた声で状況を説明した。調査の結果がまとまったので、事務所の方に来てほしいという。今日の午後七時頃に訪ねると伝え、鷹野は電話を切った。

「例の調査員から」

「ああ、あの気弱そうなヤツか」宮尾が口元を歪《ゆが》めた。「雇い主の保険会社から連絡が行ったんじゃないか。せっついて正解だったな。もうすぐ金が手に入るぜ」

「そうね」と鷹野は頷いた。長い時間を掛けて進めてきた計画も、ようやく最終局面を迎えた。

油断はせずに、最後までやりきる。今までと同じように、淡々と。浮かれ気分ではしゃぐ宮尾を見ながら、鷹野は気を引き締め直した。


約束の時間の五分前に、鷹野は懇誠リサーチの事務所に到着した。薄暗い廊下を進んでドアを開けると、すぐ目の前に江崎の姿があった。

「すみません、ご足労いただいて。会議室の方に行きましょうか」

江崎に案内され、鷹野は同じフロアにある小さな部屋に通された。足を踏み入れ、鷹野は眉根を寄せた。六帖ほどの手狭な空間に置かれた、四つ足の長方形のテーブル。その四辺に並べられた椅子の一つに、友永久理子の姿があった。

「どうも。ご無沙汰してます。この間はアドバイスありがとうございました。お陰様で、停滞しかけていた研究が進み始めました」

久理子はそう言って笑みを浮かべた。「そう。それはよかった」と鷹野は応じたが、久理子は席を立とうとしない。

困惑して立ち尽くしていると、「座っていただけますか」と江崎に促された。「言い遅れましたが、友永さんにも同席してもらいますので」

「……何のために？」

「彼女には、科学的な観点から、専門家としての助言をお願いしました」と江崎がどこか誇らしげに紹介した。「お座りいただけますか」

鷹野は不穏な空気を感じながら、久理子と正対する位置に腰を下ろした。

江崎が席に着き、こほんと咳払いをした。

「では、調査の結論を申し上げます。『保険金の支払いは認めるべきではない』と生命保険会社の方には報告するつもりです」

それはありえない結論だった。鷹野は鼓動が速くなるのを感じた。動揺が顔に出ないように努めながら、「……なぜですか？」と冷静に尋ねる。

「契約書の特記事項にはこうあります。〈利害関係にある人間によって被保険者が危害を加えられたと判明した場合は、保険金の支払いを拒絶できる〉。今回の件はこれに該当しています。隆三氏の死は、他者によるもの――すなわち、病死ではなく、殺人であったと強く疑われるからです」

「そんな、とんでもない」と鷹野は眉をひそめた。

「改めて分析したところ、行政解剖時に採取した隆三氏の血液から、コクサッキーウイルスが検出されました。遺伝子が改変された、自然界には存在しないものです。これが急性心筋炎を引き起こし、やがて心不全へと繋がり、最終的に隆三氏を死に至らしめたのです」

鷹野は唾を飲んだ。まさか、という思いだった。最後の最後で、こんな危機が待っていようとは。だが、まだ大丈夫だ。慌てないことが一番大事だ。

「予想外でしたか?」久理子はまっすぐに鷹野を見ていた。「あなたは確かに、非常に計画的に事を進めていました。隆三氏の遺体を発見する際に鍵を開ける業者に来てもらったのは、自分が潔白であることを強く印象づけるためでしょう。その後、あなたは警察の人間がやってきて現場検証を済ませるまで、室内のものには触れなかったそうですね。それもまた、犯罪性を否定するためです。あなたには、警察が書斎に残った証拠を持ち帰ったとしても、そこから自分の罪が露見しないという自信があった。そして、あなたの読みは当たっていました。警察は『それ』を回収していたのに、殺人の可能性を疑いもしなかったわけですから」

「……そうやって、私の動揺を誘っているつもり? 回りくどいことはやめて、その証拠とやらを見せてみなさいよ」

そんなはずはない。鷹野は祈るような気持ちでそう言った。

久理子は表情を変えずに、静かに頷いた。

「ベッドの下に落ちていたそうです」

江崎が、机の上に小さなビニール袋を置いた。五×一〇センチの透明な袋に入れられたそれを見て、鷹野は言葉を失った。

「アカイエカ、という種類の蚊です。書斎から、他にも数匹回収されています」

久理子は冷静そのものだった。ビニール袋を指差し、「それらから採取した微量の体液からも、かろうじてウイルスを検出できました。隆三氏の体内から見つかったものと同じウイルスです。彼は、蚊に刺されてウイルスに感染したんです」と続けた。

「現代において、人間を一番殺している生物は、サメでもライオンでもヒトでもなく、実は蚊なんだそうです。デング熱ウイルス陽性の蚊が代々木公園で発見されたなんて事件もありましたよね。蚊はそれ以外にもマラリアなど、危険な伝染病を媒介します。小さな殺し屋なんですよ」と江崎が補足した。

「犯行のプロセスを解説します」と、高らかに久理子が言った。

「あなたが鷹野氏の殺害を決意したのは、事件の数カ月前——昨年末か、今年の一月頃だったと思われます。心不全に見せかけるために、蚊を使ってウイルスに感染させることを思いついたあなたは、さっそく研究をスタートさせます。強い毒性と即効性。これらを満たすようにウイルスを改変していき、動物実験で効果を確かめる。こうして作り上げた殺人ウイルスを、数匹から十匹程度の蚊に感染させる。ここまでが準備段階です。事件の数日前。あなたはわざと夏風邪をひき、それを隆三氏に移します。感染者が体調不良にある時には、ウイルスの凶暴性は数十倍に活性化されますからね。そして、運命の六月二日。風邪が悪化し、隆三氏は高熱を出して寝込んでしまいました。自分の部屋で、いつものように鍵を内側から掛けて」

久理子が江崎に目を向ける。江崎はタブレット端末を取り出し、ドアの画像を表示させた。それは、隆三の書斎のドアだった。

「見てお分かりの通り、ドアの下にはわずかな隙間があります。あなたはこの隙間から、細い管を使って、殺人ウイルスを持った蚊を室内に放ちました。そして、何食わぬ顔で普段通りに大学に顔を出した。あなたが放った蚊はやがて隆三氏の血を吸います。体内に送り込まれたウイルス量はわずかですが、猛烈な勢いで増殖し、午前二時頃に彼の心臓に致命的なダメージを与えました。一方、あなたはまだ自分の風邪が完治していないにもかかわらず、研究室の学生を誘って飲み会を開き、徹夜でカラオケに興じています。学生さんに話を聞いたところ、非常に珍しいことだったと言います。もちろん、これは確固としたアリバイを作るためです」

「隆三氏の携帯電話には、何度かあなたからの着信がありました。これは、彼の生死を確かめるためですよね？」

江崎に訊かれたが、鷹野は唇を噛んで首を横に振った。

「翌朝、帰宅したあなたは、二時間ほど待って開錠の業者を呼んでいます。その間に何をしていたか？　答えは凶器の処理です。遺体が発見されたあとは、多くの人間が書斎に出入りすることになります。彼らが蚊に刺され、急激に体調を崩したりしたら、自分の犯行が露見してしまいます。それを防ぐために、あなたは無臭タイプの殺虫スプレーを、ノズルの先端に管を付けて室内に噴霧した。そして、ドアの下の隙間をガムテープで目張りし、室内の蚊が死ぬのを待った。現場から回収された埃《ほこり》には、殺虫成分が残っていましたよ」

久理子は依然として淡々と説明をしている。それらが正鵠《せいこく》を射ていることも、鷹野には嫌というほど分かっていた。だが、まだ逃げ道はある。

鷹野は久理子を睨み返して言った。

「いろいろと調べているようだけど、それはあくまで傍証じゃない。私が蚊を室内に放ったって証拠はあるの？」

すると、久理子は腕を組んで大きく息をついた。

「実は、あなたが実行犯であると立証することはかなり難しいのです。今回発見された変異ウイルスは、自然界には存在しないものですし、そもそも蚊が媒介するという報告もありません。しかし、それがありえないことを証明するのは現実的には不可能です。いわゆる悪魔の証明ですね。『ない』と言い切ることはできないんです」

よし、と鷹野は心の中で安堵した。これなら逃げ切れる。

「ただし」と久理子は力強く言った。「あなたが犯行に関わっていたことを強く示唆する証拠はあります。それが、これです」

久理子は別のビニール袋に入った蚊を取り出した。

「これは、あなたが日中を過ごしている教授室から回収した蚊です。偶然、あなたの血液を吸っていました」

いつの間に――。鷹野は思わず自分の腕を押さえていた。

「あなたが蚊を凶器に使ったと思いついた時、私は考えました。心不全を引き起こしうるウイルスを扱うとしたら、自分ならどうするだろうと。風邪などで体調を崩していなければ、一応は大丈夫かもしれない。でも、やはり誤って刺されてしまった時のことを考えないわけにはいきません。実験室で扱うならまだしも、書斎に放ったものが部屋を抜け出し、いつか自分を刺すかもしれませんからね。だから、あなたは刺されても大丈夫なように、ウイルスに対する抗体で自分を守ることにした。方法は簡単です。無毒化したウイルスを自らに投与し、抗体ができるのを待つだけです。インフルエンザの予防接種と同じですね」

久理子は鷹野に見せつけるように、蚊の入ったビニール袋を揺らした。

「あなたの血から、抗体が検出されています。これについて、どう説明をつけますか？　世界のどこにも存在しない殺人ウイルスに感染した蚊にたまたま刺され、その時にたまたま抗体ができたと主張しますか？　きっと、天文学的な確率になると思います。裁判になれば、弁護士以外に、あなたの言い分を信じる人はいないでしょうね」

　鷹野は椅子の背に体を預け、込み上げてきた疲労感をため息に乗せて吐き出した。

　今回の計画は、いくつかの偶然が重なることが必須だった。自分が風邪をひくこと。隆三にそれを移すこと。室内に放った蚊が隆三を刺すこと。ウイルスがちゃんと心不全を起こすこと。殺人計画自体は、何度でもやり直しが利く。一、二度は失敗しても仕方ないと思っていたが、最初からすべてが思い通りに進み、あと一歩でゴールにたどり着くところまで来ていた。それが、このギリギリのところでひっくり返されるとは。

「……あなたがウチに来た時に、追い返せばよかったのかな」と鷹野は呟いた。

「どうでしょうね。別の誰かが気づいていたかもしれません」

「謙遜しなくていいよ。あなた、すごいと思う、素直に」

　鷹野はすがすがしさを感じていた。自分の研究者人生はここで終わる。だが、自分よりも遥かに優秀な人材が目の前にいる。それは救いだった。自分が手にするはずだった発見を、彼女なら簡単に、いくつも見つけていくだろう。そんな気がした。

「警察に自首されますか」と江崎が訊く。

鷹野は頷き、静かに席を立った。

「……友永さん。一つだけアドバイス。早くいい男を見つけるの。研究と同じくらい、夢中になれる相手を。そうじゃないと、私みたいにとんでもない目に遭うかもしれないから」

鷹野は宮尾との出会いを思い返しながら言った。ろくでもない男に、どうしようもなく惹かれてしまった自分。久理子には、絶対に同じ轍《てつ》を踏んでほしくなかった。

「ご忠告、ありがとうございます。参考にさせていただきます」

久理子はそう言って笑った。それは、思わず目を伏せたくなるような、眩《まぶ》しい笑顔だった。

9

七月も半ばを過ぎたある日。僕は再びT大学を訪ねた。

今日は外で会う約束をしていた。久理子さんは、理学部二号館の前で僕を待っていてくれた。いつもの白衣姿だ。

「やあ、江崎くん」と彼女が手を上げる。

僕は「どうも」と会釈をした。「鷹野さんの件、顛末《てんまつ》をお伝えしようと思って」

「うん。教えてもらえると嬉しいかな。野次馬的な意味で」

歩き出した彼女の隣に並ぶ。今日は本当によく晴れている。午後からはかなり暑くなりそうだ。

「こうして散歩していると、あの日のことを思い出しますね」

僕は頬に手を当てた。

「ごめんね。痛かったでしょ」

「いいんですよ。あの時、たまたま僕の頬に蚊が止まってくれたおかげで、久理子さんはトリックに気づいたわけですから。むしろ感謝ですよ。殺しちゃいましたけど」

「反射的にね」と久理子さんが自分の手を見つめる。

「『目には目を、歯には歯を、蚊には蚊を』作戦がうまく行ってよかったです。宮尾はだんまりだそうですが、鷹野美鈴さんは素直に警察の事情聴取に応じています。隆三氏の殺害だけではなく、もう一つの犯罪の方も」

「そうなんだ」と久理子さんは鼻の頭を掻く。「ひょっとして、研究費の不正流用？」

「知ってたんですか？」

「ううん。美鈴さんの交際相手の金遣いが荒いって聞いて、もしかしたらな、って思っただけ」

さすがの洞察力と言うべきか。あるいは、研究の現場ではままあることなのかもしれない。

鷹野美鈴は、宮尾と組んで研究用の予算を私的に使っていた。からくりは簡単だ。試薬会社に勤める宮尾が、実際には納品していない試薬の伝票を作成する。鷹野はそれを大学側に提出し、宮尾の個人口座に金を振り込ませる。そうやって、二千万近い金を横領していたようだ。ちなみに、このアイディアを出したのは宮尾らしい。

「……それにしても」と久理子さんが呟いた。「恋愛感情ってのは怖いものなんだね」

「まったくです」と僕は同意した。

隆三氏はどうやら、かなり早い段階で不正な金の流れに気づいていたらしい。その追及をのらりくらりとかわしながら——時には口論になることもあったようだが——鷹野美鈴は夫を殺す算段を宮尾と練っていた。色恋はまともな判断力を狂わせる。本当に恐ろしい話だと思う。

「私も気をつけなくちゃね」と久理子さんが笑う。

僕は心に痛みを感じながら、「大丈夫じゃないですか」と言った。「彼を大事にしてあげてください」

「……彼って、誰？」

久理子さんが立ち止まり、僕の方を向いて不思議そうにぱちぱちと瞬《まばた》きをした。

「そりゃ、彼ですよ。あ——」

噂をすれば影。花塚優が、こちらに向かって歩いてきているのに僕は気づいてしまった。今日はぴったりと体にフィットする細身のスーツを着ている。完璧な容貌の持ち主は、どんな服を着ても似合う……ん？

僕は瞼《まぶた》の上からごしごしと目をこすった。

もう一度よく目を凝らす。見間違いではなかった。

花塚が、タイトスカートを穿《は》いている。

「え、あれ……え？」

僕の視線の方向に目をやり、久理子さんがいきなり大声で笑い出した。それに気づいて、花塚がこちらに駆け寄ってくる。

「友永先生。なんでそんなに笑ってるんですか」

ハスキーボイスの問いに、「いや、何でもないの」と久理子さんは目尻に浮かんだ涙を拭った。「今日は横浜だっけ？」

「はい。午後から面接です」と言って、花塚は手にした紙袋から面接のマニュアル本を取り出した。「もう、この手の本を買うのは五冊目なんですが……つい、不安で」

「いいよいいよ、気の済むまで準備したら。頑張ってね」

はい、と強く頷き、花塚は正門の方に歩いていってしまった。彼（？）の背中を見送り、「就職活動中なの、彼女」と久理子さんが言った。

「……彼女？　彼女って、どういうことですか」

「どういうことって言われても。見たままだけど。似合うでしょ、スカート」

「いや、だって、久理子さんが言ったんじゃないですか。『びっくりするくらいイケメンでしょ』って」

「顔が男っぽくてかっこいいからそう表現しただけだよ」

「女子にもてるって」

「憧れるでしょ、あれだけ顔が整ってたら。ファンの女の子、結構いるよ」

「……声、女性にしては低くないですか？」

「声変わりでああなっちゃったんだって。仕方ないよ」

「……その、体がスレンダーすぎやしませんか。出るところが出てないというか」

「それ、絶対言っちゃダメだよ！」と叫んで、久理子さんは僕の顔の前で指を立てた。

「本人はすごく気にしてるんだから」

「は、はあ……」

あっけに取られながらも、僕は自分の勘違いを認めつつあった。つまりは、花塚優もまた、鷹野美鈴や久理子さんと同じリケジョだったわけだ。

「なんで間違えるかなあ。ありえないよ」

久理子さんはまだ笑っている。

「ホント、ありえないですよね。……どうやら、僕は嫉妬心が生み出したまやかしに翻弄《ほんろう》されていたようです」

思いついたことを、僕はそのまま口に出した。

「嫉妬？」と久理子さんが首をひねる。

「顕微鏡を見るときにくっついていたり、実験が成功して抱き合ったり……そういうスキンシップを目の当たりにしたからですよ」

「……ああ、そういうことか」

久理子さんは困惑顔で白衣のポケットに手を入れた。

「また、どこかに遊びに行きませんか」と僕は言った。不思議と、今日は素直に自分の言いたいことを言えている。困難な案件を彼女と共に解決したという経験が、僕を勇者にしているのかもしれない。

「いいよ。でも、いつ時間が取れるか分からない」

「待ちますよ。全然。何カ月でも」

「そう言ってくれるのは嬉しいけどね……」と久理子さんは足元に目を落とした。「ねえ、江崎くん。君はさ、私に何を求めてるのかな」

「そうですね。今は、お互いのことをもう少し知れたらなと思っています」

「……その先は？」

「恋人になれたらいいなと、そう願っていますよ」

「……それ、難しいと思うな。今回の件でも思ったけど、私、鷹野美鈴さんみたいに誰かを一途《いちず》に愛せない気がする」

久理子さんは寂しそうに呟いた。

「恋愛にすべてを捧《ささ》げられない自分は、まともな人間じゃない——そんな風に思い込むことはないですよ」と僕はなるべく明るく言った。「女性は恋愛に生きなきゃいけないなんて、そんな決まりはありませんからね。久理子さんが一番大切に思っているのは、研究なんでしょう？」

そう尋ねると、久理子さんは小さく頷いた。

「江崎くんは大丈夫なの？　優先順位が二番になっても」

「そんなの、むしろ光栄なくらいです。世の中に選択肢はいっぱいありますよね。『家族』があって、『友達』があって、『趣味』があって、それから僕がいて。研究が全体の一番で、僕が二番なら、言うことないですよ。最高に幸せです」

「そっか」と久理子さんは微笑んだ。「じゃあ、お言葉に甘えて実験を頑張ろうかな」

「応援してますよ」

「ありがと。時間が合えば、昼ごはん、一緒に食べようか」

「いいですね。マル喜で会いましょう。一番大事な『彼』が許してくれたら」

久理子さんは大きく頷くと、手を振りながら理学部二号館の方へと駆けていった。

白衣が似合う、科学に恋する女性研究者——リケジョ。久理子さんのような人たちが、僕たちの生活をよりよい方向に変えていく原動力になっている。

僕には世界を動かせない。だから、少しでも久理子さんの支えになりたいと思う。

それが僕にとっての幸せなのだから。

よし、と拳《こぶし》を握り、僕は歩き出した。

早く事務所に戻りたかった。そして、一之瀬所長にこう言いたかった。

「遅くなりましたけど、やっと大きな成果をあげましたよ」と。

Research 02　亡霊に殺された女

1

浪川康平《なみかわこうへい》は、ふと寒気を感じて足を止めた。

懐中電灯で廊下の先を照らすが、丸い光の輪がラベンダー色のカーペットに浮かぶばかりだ。息を潜《ひそ》め、じっと耳を澄ませてみても、不審な物音は一切聞こえない。微《かす》かに、ビルの下を通り過ぎる車の音が耳に届いてくるだけだった。

「……どうも今日は調子が悪いな」

康平はかぶっていた制帽を小脇に挟み、短く刈った頭を掻《か》いた。

誰もいないはずの、真夜中のオフィスビル。どこもかしこも明かりが消され、非常灯の緑色の光だけがぼんやり浮かび上がる薄暗い廊下は、確かに気味が悪いものだ。

だが、康平はこのビルの警備員として、もう五年も深夜の見回りを続けている。今更、怖いなどという感情が湧くはずもない。

となれば、問題があるのは自分の体の方だということになる。昔から健康には自信があり、三十年の人生で一度も風邪《かぜ》に罹《かか》ったことがないのを自慢にしてきたが、とうとう記録が途絶える日が来たのかもしれない。

康平は自宅で待っている妻の美由紀《みゆき》のことを思った。彼女に風邪を移していないだろうか。美由紀はあまり体が強い方ではない。今年の正月に風邪をひいた時は、ひどい熱と関節痛に苦しんだ。またそんな苦痛を味わわせるのは申し訳なかった。たぶん、もう寝ているだろうが、あとでメールを送っておこう。わずかでも体調を崩しているようなら、明日の仕事を休むように言い聞かせなければ。

「さて、と」と制帽をかぶり直し、康平は再び廊下を歩き始めた。

最上階である十階から地下二階までの見回りを終え、一階の裏口近くにある警備員詰め所に戻った時には、時刻は深夜一時を回っていた。

記帳を義務付けられている巡回報告ノートに〈異常なし〉と書き込み、康平は自分の荷物から携帯電話を取り出した。

通話はもちろんのこと、メール、インターネットを含め、室内での携帯電話の使用は禁じられている。誰も見ていないのだからと、夜間はずっとスマートフォンでゲームに興じている同僚もいるが、康平は規則を守ることを旨としていた。時間外応対用の窓口の札を〈巡回中〉から〈一時的に不在〉に替え、康平はトイレに向かった。

廊下の奥にある男子トイレに入ると、自動的に明かりがつく。康平は手前の個室に入り、ずっと使い続けている折り畳み式の携帯電話を開いた。

「うわ、なんだこれ」

思わず声が漏れた。携帯電話の液晶画面に、十回を超える着信があったことを示す表示が出ていた。すべて美由紀からの電話だった。

急いで留守番電話を確認するが、メッセージは残されていなかった。わずか十五分ほどの間に、電話をかけては何も吹き込まずに切る、ということを繰り返していたようだ。

最後の着信からはまだ数分しか経《た》っていないのに、こちらからかけても美由紀は応答しない。明らかにおかしい。

康平は急いで詰め所に取って返し、緊急事態のために帰宅したいと上司に連絡した。交代要員が来るまでの時間は、異様に長く感じられた。康平はその間、何度も美由紀の携帯電話を鳴らし続けたが、彼女が電話に出ることはなかった。

二十分後、やってきた同僚に詫《わ》びを入れるのもそこそこに、康平は職場をあとにした。

通勤にはスクーターを使っている。深夜なので道は空《す》いていた。警察に見咎《みとが》められるリスクを覚悟で、康平は前のめりになりながら家路を急いだ。

大通りを離れ、民家の建ち並ぶ路地へと入る。自宅マンションまではあと五分ほどだ。

大丈夫、トラブルといっても、そこまで深刻なものじゃないはず。康平は自分に言い聞かせながらハンドルを握り続ける。例えば大きな蜘蛛《くも》が出て寝られないとか、上階の物音がうるさくて困っているとか、そんな些細《ささい》な困り事に違いない。

その時、康平は救急車のサイレン音を耳にした。静寂を破る、不快で不穏な音は前方から聞こえてくる。どんどん近づいているようだ。

——俺のマンションの方からだ。

まさか、単なる偶然だ。康平は小声で呟《つぶや》き、自宅マンションへと続く角を曲がった。

目に飛び込んできた赤い光に、康平は顔をしかめてブレーキをかけた。

複数のパトカーが、正面玄関を塞《ふさ》ぐようにして、自宅マンションの前に停《と》まっていた。マンションのベランダでは、住人たちが物珍しそうに身を乗り出して道路を見下ろしている。時間帯を気にした控えめな喧騒《けんそう》は、まるで耳元で囁《ささや》かれる雑言のようで、康平はビルの巡回中に感じたのと同じ寒気に襲われた。

数人の警官が、ブルーシートを広げようとしている。路上にスクーターを停め、よろよろとそちらに近づいていく。と、付近を警戒していた中年の男性警官に「ちょっとあんた」と呼び止められた。「ダメだよ、そんなところにいちゃ。もっと離れて」

「いや、私はこのマンションの住人でして……」

「あ、そうなの？　悪いけど正面玄関はしばらく出入り禁止になるから。裏口の方から入ってください」

康平は唾を飲み込み、「……何かあったんですか」と尋ねた。

「飛び降りですよ、飛び降り。たぶんここの住人だと思いますがね」

警官がブルーシートの方を指差したところで、救急車が到着した。

バタバタと降りてくる救急隊員を眺めながら、「あんなに急ぐことはないのにな」と警官が言った。「もう死んでんだから」

「死んでる……？」

我知らずおうむ返しに呟く康平に、「そう。頭から落ちたみたいだよ」と警官はなぜか得意げに頷《うなず》いた。「まだ若い女性だね。可哀想《かわいそう》なことになってるよ。生きてた頃は美人だっただろうに」

若くて綺麗《きれい》な、女性。

まさか、まさか、まさか——。

康平はぶつぶつと口の中で繰り返しながら、警官の脇をすり抜けた。「おいおい」と肩を摑《つか》まれた手を振り払い、正面玄関へと駆けだす。

「こらっ、ダメだってば！」

中年警官の声に反応し、他の警官が慌てて康平にしがみついた。康平は「離してください！」と叫び、警官たちを引きずるようにして現場へとにじり寄る。

騒ぎに気づき、担架を運んでいた救急隊員が足を止める。

開かれたブルーシートの隙間から、路上に倒れた女性が見えた。

あらぬ方向を向いた右手、あちこちに飛び散った血液、地面に広がった長い髪、苦痛に耐《た》えるかのように固く目を閉じた顔。

変わり果てた妻の姿がそこにはあった。

美由紀が……死んだ……。

そのことが事実として理解される前に、康平は意識を失っていた。

2

こんなきれいな人がなあ……。

写真の貼られた書類を眺めながらお茶を飲んでいると、「おい、江崎《えさき》」と名前を呼ばれた。

顔を上げると、僕の上司である一之瀬《いちのせ》所長と目が合った。

「ずいぶん熱心に資料を読んでるな。ひょっとして、その女に惚《ほ》れたのか？　ちょっと表情は暗いが、まあ美人だよな。特徴の薄い平凡な顔ほど整ってるって言うもんな。強いて言えば、人より睫毛《まつげ》が長いかな。あと、目元のほくろが色っぽいな」

「あの、所長。そういうつもりで見ていたわけじゃないですから」と弁明すると、日課の筋トレで鍛えたたくましい腕を組み、所長は「にかっ」という音が聞こえてきそうな笑みを浮かべた。

「冗談だから本気にするな。お前には愛しのリケジョ先生がいるもんな。それに、その女はもう死んでるしな。例の自殺の件だろ？　また、何か妙な気配を嗅ぎ付けたのか」

「あ、いえ、今回は別に」と僕は手を振った。「特におかしなところはないと思ってますよ」

「その割には、顔つきが真剣だったが」と、所長がごつい指で白髪交じりの頭を掻く。

「事前にできることは全部やっておこうと思って」と答えて、ファイルをぱたんと閉じた。表紙に刻まれた、〈懇誠《こんせい》リサーチ〉の金文字がきらりと光った。

我が社の業務は、保険金が絡む事件に関する調査だ。保険金支払いの前に、契約内容に反するような不正がないかを調べ、それを報告するのだ。

僕自身、入社前はそんな仕事が成り立つのかと不思議に思っていたのだが、保険金関連のトラブルは意外に多い。あの手この手で保険金をもぎ取ろうとする輩《やから》がいることを、ここで働き始めてから嫌というほど思い知らされた。

ただ、今回の案件は、保険金を払う側ではなく、受け取る側からの依頼だ。

依頼者の名前は、浪川康平さん。彼の妻の美由紀さんは、先月、ベランダから転落して亡くなった。彼女は生命保険に入っていたのだが、受取人である康平さんには一銭も保険金が支払われなかった。なぜなら、「加入後三年以内の自殺は対象外」という契約内容になっており、保険会社が「事件の状況から明らかに自殺である」と結論づけたからだ。それに不満を感じた康平さんが、僕たち懇誠リサーチに再調査を依頼し、僕が本件の担当に選ばれた、という次第である。

「その心意気やよし、だな」所長が僕の肩をばしんと叩《たた》いた。「予習には『やりすぎ』はない。徹底的に資料を読み込んでおくのはいいことだ」

「いやあ、根が心配性なものでして」と僕は苦笑いを浮かべた。僕はどうも昔からあれこれ気を揉《も》んでしまうタイプで、些細なことでもしっかり確認しておかないとすぐに不安に感じてしまうのである。

「相変わらずだな。普段の生活じゃマイナスにばかり働くが、この仕事に関しては長所になる。やりたいようにやればいい。で、この案件、引き受けるつもりなんだよな？」

「……それがまだ、結論が出てないんですよ」

僕は大きなため息を落とした。依頼者である康平さんとは、今日の午後に面会することになっている。それなのに、僕はまだ迷っている。

保険会社に連絡し、事件に関する資料を回してもらったが、読めば読むほど、疑念を差し挟む余地はないと思えてくる。果たして調べる必要性があるのだろうか、と考えてしまうのだ。それに、もし僕たちが調査に取り掛かれば、保険会社の方もいい顔はしないだろう。今後、調査依頼を出してくれなくなる恐れもある。

「好きなだけ悩めばいいさ」と所長はまた僕の肩を叩く。力が強いので、じんじんと痺《しび》れるような痛みが腕全体に走る。「依頼を受けるかどうかを含め、この件はお前に一任するからな」

「いいんですか？　最終的な判断は所長が……」

「おいおい、勘違いするなよ。俺の仕事は書類に判を捺《お》すことだけだ。判断するのはあくまでお前たちだぞ。責任も誇りも無力感も喜びも、どれもこれもみんな、お前たちが背負うべきもんなんだよ」

所長はその大きな手の平で僕の頭をぐいぐいと撫《な》で、「ってことで、よろしく頼んだぜ。腹を膨らませて、しっかり悩むんだな」と手を振って自分の席に戻っていった。

腹？　と思って時計を見ると、いつの間にか昼休みに入っている。

現金なもので、時刻を認識すると急に空腹感が湧き上がってくる。僕は席を立ち、一つ伸びをしてから事務所を出た。

九月に入っても相変わらずじっとりと蒸し暑い。曇っているのに、普通に歩いているだけでも汗が出る。

やれやれと嘆きたくなるところだが、僕の足取りは軽い。ひょっとしたら、という期待感に導かれるように、近所にある定食屋、マル喜《き》へとやってきた。

引き戸を開けた途端、店内の熱気と喧騒と「らっしゃい！」という大声に出迎えられた。この店を切り盛りする親父さんが、顔やら首やらを汗まみれにしながら懸命にフライパンを振っている。

さあ、今日こそ——と祈るような気持ちで、厨房からカウンターへと視線を移す。

——来てたっ！

僕は心の中で快哉《かいさい》を叫んだ。

氷水の入ったコップを手に、料理が出来上がっていく様を眺める、無防備な表情。無地の紺色の長袖Tシャツと、脚線美を強調するような、ダークグレイのストレッチデニムパンツ。形のいい耳が見え隠れするショートカットの黒い髪は艶やかだ。

後ろから来たお客さんに、「兄ちゃん、どいてくれや」と言われ、はっと我に返る。彼女の——友永《ともなが》久理子《くりこ》さんの姿に魅入られ、知らず知らずのうちに店の出入口で足を止めていた。

「す、すみません！」

謝罪する僕の声に気づき、久理子さんがこちらを向いた。

「あれ、江崎くん。そんなところで何してるの。こっち来なよ」

「どうもどうも、ご無沙汰してます」

僕はドキドキしながら、笑顔で手招きする久理子さんの隣に腰を下ろした。

「ご無沙汰……だっけ？」

「ちょうど一週間振りですね」

「そんなになるんだ。あれ、ひょっとして、江崎くんは毎日ここに？」

「そうですね。今日こそは久理子さんに会えるかなーと期待しながら、連日足を運んでました」と僕は答えた。

「ありゃー、そっか。メールしてくれたらいいのに」と久理子さんが気の毒そうに眉根を寄せる。そんな表情もとても魅力的だ。

「いいんです」と僕は笑顔で応じる。「なんと言っても、実験の都合が優先ですから」

久理子さんは、ここから徒歩数分のところにあるT大学で研究者として働いている。いわゆるリケジョだ。研究分野はｉＰＳ細胞を用いた組織作製で、最近は腎臓を作ることに腐心している。素人の僕が彼女を評価するのはおこがましいのだが、相当に優秀な人材であるようだ。現在の職階は助教だが、数年内には准教授、いずれは教授になるだろうと僕は確信している。

久理子さんは才能をフルに活かすため、実験第一の生活を送っている。朝も昼も夜も実験、実験、また実験である。作業に夢中になると食事を忘れることもしばしばで、気づくと半日以上何も食べていない時もあるという。こうしてマル喜で会えるのは週に一度あるかないか。非常に貴重な巡り合いなのだ。

「久理子さん、何を頼みました？」

「豚の生姜《しょうが》焼き定食。江崎くんもそれにしたらいいよ。豚肉には疲労回復効果のあるビタミンB_1が含まれてるからね。まだ暑い今の季節にはぴったりでしょ。しかもマル喜では、ビタミンB_1含有量の多いロース肉を使ってる。摂取効率がいいんだよ。それに、生姜の辛味成分のジンゲロンには代謝を高める働きがあるらしいから、たくさん食べても大丈夫」

すらすらと久理子さんがそんな説明を繰り出すものだから、僕は思わず、「……そんな難しいことを考えながらメニューを選んでるんですか？」と訊《き》いた。

「ううん。今日のオススメって書いてあったから選んだだけ。栄養の話をしたのは、プラセボ効果を引き出すためだよ。一回の食事で体調が劇的に改善するなんてありえないけど、体にいい成分がたくさん入ってるって聞いたら、それだけで元気になるでしょ」

「え？　どういう意味ですか？」

「自分じゃ分からない？」と、久理子さんが僕の顔を指差した。「なんだか表情が硬いよ」

「ああ、なるほど。いやあ、さすがは久理子さん。鋭いです」

彼女の観察眼に感心すると同時に、ふわふわした心地よさに包まれた。それだけ僕のことを気にしてくれているということだろうか。素直に嬉《うれ》しい。

僕と久理子さんの関係を一言で言い表すなら、知人以上恋人未満、となるだろう。僕はすでに自分の気持ちを彼女に伝えていて、彼女もまずまず僕を受け入れてくれているのだが、残念ながらはっきりと交際していると言い切れるほど親しくはなれていない。とにかく久理子さんが忙しすぎるのだ。まあこれは仕方ない。研究熱心なリケジョに恋をしたのだから、いろんなことを我慢する辛抱強さを持たねばならない。

「午後に大事な仕事でも入ってるの？」

「……そうですね。大事というか、気が重い感じのが、一件」

僕は詳細を伏せて、保険会社の判断に異論を唱えている男性から調査依頼が届いていることを、久理子さんに話した。

「――ということで、引き受けるべきかどうか迷ってるんです」

僕がそう言うと、久理子さんはテーブルに肘を突き、手の平に顎を乗せた。

「それってさ、世間の常識的には引き受けないのが普通なんだよね？」

「まあ、十人いたら九人は断るんじゃないでしょうか」

「でも、江崎くんはやろうかどうか迷ってる」

「そうなんですよ」

「つまり、江崎くんの気持ちとしては、断りたくないわけだね」

久理子さんに指摘され、「あ……」と僕は口に手を当てた。確かにその通りだ。灯台下暗しというか、当然すぎて気づかなかったが、僕はこの案件をやるべきだと感じていたようだ。その判断が常識に反するからこそ、これだけ悩んでしまったのだろう。

「それってさ、もう答えは出てるんじゃないかな」と久理子さんはあっさりと言い放った。「そうでしょ？」

「……やるべきだと思いますか」

「私には何も言えないよ。でも、江崎くんの思うようにしたらいいと思うよ。『お前に任せる』って所長さんも言ってるわけだし」

「そっか……そうですよね」

久理子さんの一言で、迷いの霧がすうっと晴れた。何をうじうじと考え込んでいたのだろう。依頼者の人から直接話を聞いて、引き受けるかどうか決める。それしかないじゃないか。

判断の基準となるのは、依頼者の語り口、話す内容、そして、印象だ。結局のところ、やるかやらないかを分けるのは「直感」なのだ。僕はこれまでも、自分の勘を信じて依頼と向き合ってきた。それは今回も変えたくない。変えてはいけないと思う。

「ありがとうございます。すっきりしました」

「そう？　よかった。江崎くんはちょっと真面目すぎるよね。無駄な動きが多いっていうか、心配しすぎるっていうか。ま、そこがいいところでもあるんだけど」

久理子さんは僕の顔を見ながら笑っていた。熱気と肉の焼ける匂いと客たちの話し声が渦巻く店内ではあるが、僕たちの周りにだけ、薄桃色の幸せな空気が流れたような気がした。

このチャンスを逃すまいと、僕は久理子さんの方ににじりっとにじり寄った。

「久理子さん。次のデートなんですけど」

「あ、うん」

「暗いところはすぐ眠くなってダメだって言ってたじゃないですか。だから、上野動物園なんかはどうかと思うんです。歩いていける距離ですけど、意外と穴場というか、僕もまだ足を運んだことがなくて……」

プランを伝え終える前に、「あ、ごめん」と久理子さんが僕の話を遮った。振り返ると、定食の載ったトレイを持った店員がすぐ後ろに立っている。

山盛りご飯と、たまねぎ多めの豚の生姜焼きを受け取ると、久理子さんはすぐさま割り箸を手に取った。

「やっと来た。うーん、いい匂い」

言うが早いか、久理子さんは豚肉をぱくりと口に入れ、続けざまにご飯をがばりと頬張った。相変わらずの豪快な食べっぷりだ。

僕は「デートの詳細は、またメールしますね」とだけ言って、それきり口を閉ざした。

久理子さんのマイペースっぷりにも慣れてきた。邪魔をせず、なるべく相手のやりたいようにやらせてあげる。それこそが、リケジョとうまくやっていくコツだ。僕はそう思う。

3

午後二時。事務所と同じフロアにある会議室で待っていると、控えめにドアがノックされた。

席を立ってドアを開けると、背の高い男性が廊下に立っていた。ごくごく平均的な身長の僕との差は、優に頭一つ分はある。今回の依頼者、浪川康平さんだ。オフィスビルの警備をしているというだけあって、体つきががっしりしている。ただ、その迫力ある肉体とは対照的に顔つきは優しい。海外のアニメ映画に出てくる、体の大きさの割に気の弱いモンスターのようだ。

「……あの、浪川ですが」

「どうも、初めまして。こちらへどうぞ」

室内に案内してから、僕は彼に名刺を手渡した。康平さんは「このたびはお世話になります」と低い声で言い、深々と頭を下げた。

「浪川さん。申し訳ありませんが、まだお引き受けすると決まったわけではありませんので」と僕は釘《くぎ》を刺した。

「あ、そ……そうなんですか。やっぱり、美由紀のことは自殺だと……」

「結論が出ていれば、わざわざ事務所にお越しいただくことはありませんよ」と僕は意識的に朗《ほが》らかに言った。「資料には目を通してありますが、浪川さんから直接お話を聞きたいと思い、ご足労いただいた次第です」

「……ありがたいです。私の話を聞いていただけるだけでも、救われた気持ちになります。保険会社の人は、まともに取り合ってくれなかったんです。あれは自殺に違いないと主張するばかりで……」

ずずっ、と康平さんが洟《はな》をすすりあげる。

「そうでしたか。……辛い記憶だとお察しいたしますが、どうでしょうか。なぜ保険会社の判断に疑問をお持ちになったのか、ご説明いただけますでしょうか」

水を向けると、彼は神妙に頷き、事件のあった八月二十一日の夜の話を始めた。

携帯電話に美由紀さんから大量の着信があったことに気づいたのが、深夜一時過ぎ。仕事中だった康平さんは交代要員を呼び、慌てて帰宅の途についた。そして、自宅マンションの玄関付近にパトカーが何台も停まっているのを発見する。飛び降りがあったことを知った彼は、警官の制止を振り切り、路上に倒れている美由紀さんを見てしまう。そして、変わり果てた彼女の姿にショックを受け、気を失った——。

資料に書いてあったことと寸分違《たが》わぬ内容を語り、康平さんは大きなため息をついた。

「気絶したあとは、どうされたんでしょう」

「病院に搬送されました……。私の体調を考慮したというより、美由紀の遺体を確認させるためだったようです。マンションの大家さんに連絡を取り、私が夫であることを聞いていたそうで」

「美由紀さんは、病院に運ばれた時にはもう……？」

「即死でした。六階から転落したので、助かりようがなかったと医者は言っていました……」

そうですか、と僕は抑えた声で相槌《あいづち》を打った。

「警察はすぐに自殺と断定したと聞いていますが」

「はい。自宅の玄関ドアが施錠され、チェーンロックも掛けられていましたから」

「チェーンロックは普段から？」

「そうですね。防犯のために。細工を施した痕跡もないし、外部犯の可能性はないだろうと警察には言われました」

「しかし、浪川さんはその判断に納得がいかないと」

「……一番気になっているのは、美由紀が死のほんの数分前まで、私に何度も電話をかけてきている点です。自殺する人間が、そんなことをするでしょうか？　私には、助けを求める電話だったような気がしてならないんです。誰かに襲われ、なんとか助かろうと思い、私に電話をかけたんですよ」

「留守番電話にメッセージなどは？」

「いえ、ありませんでした。メールもなかったです」

「うーん、なるほど……」

僕は腕を組み、康平さんの主張を頭の中で吟味《ぎんみ》した。

美由紀さんが繰り返し電話をかけたのは、何者かに襲われるという非常事態に陥っていたからだと彼は言っている。だが、康平さんの推理はちぐはぐだと言わざるを得ない。本当に危機に直面していたら、たとえ助けに来てもらえる可能性が低くても、積極的にSOSの言葉を吹き込んだはずだ。というか、康平さんと連絡が付かないと分かったら、すぐに一一〇番に通報しただろう。ところが、そんな形跡はない。

状況を素直に捉えれば、無理に事態を複雑化させる必要があるとは思えない。死ぬ前に夫の声を聞きたかったのだ、とシンプルに解釈するのが普通だろう。あるいは、彼女は捨て鉢になっていたとも考えられる。すごく辛くて助けてほしいのに、肝心な時に夫は電話に出てくれない。もうダメだ、死ぬしかない——そんな精神状態に陥り、発作的に飛び降りたのかもしれない。「死ぬ前に電話をかけた」のではなく、「電話をかけた結果、死を選んだ」のだ。

それはあまりに悲観的すぎるとしても、康平さんの説に賛同するには、それ相応の根拠が必要だ。

「お尋ねしたいのですが、八月二十一日の深夜——正確には、日付が変わった二十二日の午前〇時から一時にかけて、付近で物音や叫び声を聞いたという証言はあったのでしょうか」と僕は尋ねた。

「……警察が調べたようですが、特におかしな点はなかったそうです」

「遺書は見つかっていないそうですね」

「ええ……少なくとも、目につくようなところに手紙やメモはありませんでした」

「だとすると、何者かに殺されたという主張には、やはり無理があるのでは……」

「待ってくださいっ」と康平さんは机に身を乗り出した。「喋《しゃべ》りたくても喋れない状態だった可能性もありますよね。さるぐつわとかガムテープとかで口で塞がれていたんですよ、きっと」

「その場合は、口元に痕が残ると思うのですが、その点についてはいかがですか」

康平さんは目を伏せ、乗り出した体を元の位置に戻した。

「……分かりません。検視で事件性なしと判断したため、警察は司法解剖をやらなかったんです。私がいくつかの疑問に気づいた時には、もう納骨まで済んでいました……あまりに急なことだったので、うまく頭が働かなくて……すみません」

「いえ、別に謝ることではありませんよ。そんな状況に置かれたら、誰でも冷静ではいられないと思います」

「あ、いま思いついたのですが」と康平さんが大きな手を打ち鳴らした。「美由紀が何もメッセージを残せなかったのは、手足を縛られていたからじゃないですか」

「犯人に拘束されていたということですか」

「ええ。後ろ手でスマホを操作し、かろうじて電話をかけることだけができたんじゃないでしょうか」

「……なるほど」

頷いたものの、本当にそうだろうか、という思いが僕の中にはあった。警察はそれほど間抜けな組織ではないと僕は思っている。不審な点があれば、気合を入れて捜査をしていたはずだ。

保険金の金額は二千万円。自分に都合のいい仮説を挙げ、ありもしなかった「他殺」をでっちあげようとする——考えたくないが、康平さんがそれを狙っている可能性もある。その片棒を担がされるわけにはいかない。

「生命保険についてですが、どういう経緯でお入りになったのですか」

僕は別の角度から質問を投げ掛けた。

「はい。私どもは二年前に結婚しまして。その際に、万が一のことがあったらということで、二人とも入りました。お互いが保険金の受取人になっています」

動揺する様子もなく、康平さんは淡々と答えた。

「もし調査に乗り出すとなれば、それなりに時間が掛かります。また、万が一結論が覆るようなことがあれば、保険会社の方でも再調査を行う可能性が高いと思われます。保険金が振り込まれるのは数カ月先になるかもしれません」

生活が苦しくて金を欲しがっているのではないか。そんなニュアンスを匂わせつつ尋ねると、「金のことはどうでもいいんです」と康平さんは首を振った。「私は美由紀の名誉を守りたいんです」

「名誉……ですか」

「死んだ人を悪く言う者はいないと言いますが、陰ではきっと、あれこれと美由紀のことを噂《うわさ》しているはずです。あることないこと、思いつくままに面白半分に話して……それを想像すると、いたたまれない気持ちになります。私は美由紀が自殺したとはどうしても思えないんです。彼女を貶《おとし》めるような噂が流されるのには耐えられません」

そう語る康平さんの表情からは、強い決心が滲《にじ》み出ていた。何が何でも、この調査をやってもらうんだ——そんな覚悟が伝わってきた。

「分かりました」

僕は彼の目を見てしっかりと頷いた。

「では……」

「ええ。浪川さんのご依頼をお引き受けいたします」

「本当ですか！　ありがとうございます……これで……美由紀も浮かばれます」

康平さんは目を潤ませながら、その大きな手で僕の右手を包み込んだ。

彼は嘘《うそ》はついていないが、未《いま》だに妻の死を受け入れられずにいる。だから、わずかな可能性にすがらずにはいられないのだ——実際に会ってみて、その思いが強くなった。

現場の状況からは、やはり自殺であるとしか思えない。調査をしても、おそらく結論が変わることはないだろう。

たとえそうだとしても、彼を納得させ、妻の死という辛い現実をしっかりと受け止めてもらう。それが僕の役目だ。

そのために全力を尽くそう、と僕は固く誓った。

4

翌日から、僕はさっそく調査をスタートさせた。

まず調べるべきは動機だ。美由紀さんには自殺という悲しい結論を選ばざるを得ない理由があったのか否か？　そこをはっきりさせておきたかった。

康平さんの証言によれば、美由紀さんは知人が少なく、親類との折り合いも悪かったため、職場の人間以外とはほとんど交流がなかったらしい。ということで、彼女の普段の様子を仕事仲間に訊くべく、電車を乗り継いで、足立区の東部、千代田線・北綾瀬駅へとやってきた。

美由紀さんは、『ＫＴＴＫ』というタウン誌の編集部に勤めていた。雑誌名の由来は「北東京」で、その名の通り、主に東京北部のエリアで無料配布されているそうだ。

駅から歩くこと五分。彼女の職場は、くすんだ白の外壁の雑居ビルの中にあった。我が懇誠リサーチが入っているビルもなかなかの年代物だが、ここも負けず劣らずだ。蛍光灯の光が弱く、どことなくかび臭くて、じめっとした空気が流れていた。しかし、エレベーターがある分、僕のところよりはワンランク上ということになる。

僕は定員四人の小さなエレベーターに乗り、四階へと上がった。降りてすぐのところに開けっ放しのドアがあった。室内では、書類が山積みの机で、何人かの女性が黙々とパソコンのキーボードを叩いている。

「あのう、午前中にお電話差し上げた、懇誠リサーチの江崎ですが……」

「あ、はいはい」

手前の席にいた、眼鏡を掛けた中年の女性が立ち上がる。頭の後ろで髪をくくってまとめているのだが、ボリュームがすごい。頭の大きさと変わらない、ふわふわの茶色い塊が後ろにくっついている。まるで、体育祭の応援で使うポンポンだ。

「どうも。古市《ふるいち》です。KTTKの編集長をやってます」

彼女は僕と軽く握手を交わすと、「ここじゃアレなんで」と言い、同じ階にあった喫煙室に移動した。広さは四畳半ほど。リノリウムの床にパイプ椅子と円筒型の灰皿スタンドが置いてあるだけの殺風景な部屋だ。

「前はどこでも喫煙OKだったんですけど、最近やたらとうるさくて」

そう言って古市さんは窓を全開にし、胸元から取り出したタバコに火をつけた。

「どうぞ適当に座ってください。よかったら吸います？」と勧められたが、僕は非喫煙者だ。丁重に断り、近くにあったパイプ椅子に腰を下ろした。

古市さんは実にうまそうにタバコを吸い、ふうーっと長く煙を吐き出した。

「保険会社の調査員、って言ってましたっけ」

「あ、いえ。保険会社とは独立した会社です。第三者的立場から、依頼に応じて調査を行っております」

「ふうん。で、美由紀ちゃんの話を聞きたいってことですけど」

古市さんはタバコを指に挟んだまま、眼鏡のつるをくいっと上げた。

「はい。彼女が自殺に至った動機を調べていまして。何か心当たりがあれば、ぜひお話しいただきたいのですが」

「美由紀ちゃんは優秀でしたよ。ウチは見ての通り小さな会社ですから、役割分担なんてあってないようなものなんです。企画発案、インタビュー、写真撮影、文章起こし、広告を載せるスポンサーとの交渉……なんでも真面目にこなしてくれてて、本当に大事な戦力だったんです。次の号、一人欠けた状態で出さなきゃいけないんですけど、もう、どうしようかってみんなで頭を抱えてます」

古市さんはまるで原稿でも読み上げるかのように、すらすらとそう語った。

「美由紀さんは、こちらにはいつから？」

僕がそう尋ねると、古市さんの目が怪訝《けげん》そうに細められた。

「……その辺のことは、ご主人から聞いてるんじゃないんですか？」

「いえ、結婚後のことはひと通り伺いましたが、それ以前のことは、彼も詳しくは知らないそうなんです。美由紀さんには離婚歴があるので、結婚前のことは詮索しないようにと気を遣っていたみたいです」

「気を遣って、ねえ……」ポンポン状の後ろ髪をもしゃもしゃと揉んで、古市さんはタバコを灰皿に押し付けた。「結婚式はやらなかったから写真でしか見たことないけど、ご主人はあれでしょ、体の大きな人」

「はい、そうです」と僕は頷いた。「なんでも、美由紀さんがあるラーメン店に取材に行った時に、偶然康平さんが客として訪れていたそうですね。一目惚《ぼ》れした康平さんが、熱心にアタックしたとか」

そのエピソードを聞いて、僕は久理子さんとの出会いを思い出した。マル喜で初めて彼女を見かけ、一目で僕は恋に落ちてしまったのだ。

「図体《ずうたい》はデカイ割に、肝っ玉は小さいねえ」呆《あき》れ口調で言って、古市さんはパイプ椅子の背にもたれた。「過去を含めて受け入れてこそ、真の夫婦でしょうに。大事な部分を隠して生きてるから、こんなことになるのよ」

「古市さんは、美由紀さんの昔のことをご存じなんですか」

「知ったのは偶然ですけどね。……きっかけは履歴書でした。あたし、採用担当をやってるんで、三年前、あの子がウチに入りたいって言ってきた時に、経歴を見たんですよ。そうしたら、大きな広告制作会社に勤めてたって書いてあるじゃないですか。びっくりしましたよ。ウチよりずっと待遇がいいはずだし、どうして辞めちゃったんだろうって」

そこで、古市さんは大きく開いた窓の方に視線を向けた。

「前の職場で何かがあったと？」と僕が先を促すと、古市さんは外を見たまま頷いた。

「誰でもそう考えるでしょ？　訳ありの子を雇ったせいで、ウチが潰《つぶ》されちゃあかなわないですからね。つてをたどって、昔の仕事ぶりを調べてみたんです。あの子、以前はグラフィックデザイナーとして活躍してて、広告のポスターや商品ロゴなんかを手掛けてたみたいで。よっぽどセンスがよかったのかな。雑誌のインタビューを受けたこともあったって」

「へえ、かつては取材される側だったと」

「興味が湧いたんで、その雑誌を探して記事を読みましたよ。そうしたら、またびっくり。彼女の結婚相手が同じ記事の中に登場してたんですから。美由紀ちゃんの前の旦那は、グラフィックデザイナーだったんですよ。青谷《あおや》亘《わたる》っていう、これまた評判の高い人で。自分の苗字《みょうじ》に触発されたのか、青を基調としたイラストばかり描いてたらしいです」

「……そんな過去があったんですか。話を聞くとお似合いの二人のようですが、なぜ離婚してしまったんでしょうね」

「離婚はしてないですよ」と古市さんはこちらに視線を戻した。

「いや、だって今のご主人と……」

「離婚じゃなくて死別。今から四年前に、三十八歳の若さで青谷亘は死んだんです。しかも、自殺で」

「え、自殺？」

いきなり出てきた剣呑《けんのん》なフレーズに、僕は思わず立ち上がっていた。古市さんは僕を見上げながら、「しかも、飛び降り自殺らしいですよ」と囁くように言った。

「……そんな。それじゃあ、まるで」

古市さんは大きく頷いてみせた。

「美由紀ちゃんと同じ亡くなり方なんです。因縁めいたものを感じませんか」

蒸し暑い喫煙室の中だというのに、僕は強烈な寒気を覚えた。単なる自殺だと思っていた事件が、おどろおどろしい気配をまとい始めていた。

5

二日後、日曜日の午後六時前。僕は西武池袋線の桜台駅近くにある、八階建てマンション〈グランメゾンミューズ桜台〉へとやってきた。

レンガ調の外壁は普通によく見かけるものだが、正面玄関付近に立てられた女神像は、賃貸マンションのオブジェにしてはかなり立派だ。建物名に付けられた「ミューズ」は、どうやらこの女神に由来するようだ。

この典雅な名前のマンションで、康平さんと美由紀さんは暮らしていた。ここに足を運ぶのは初めてだった。もちろん、康平さんに会って部屋の中を見せてもらうつもりでいるが、その前に住人に話を聞くことにする。

康平さんの部屋は六〇二号室。各階に六戸、中庭の駐車場を囲う形で部屋が配されている。構造上角部屋が四つあることになるが、六〇二号室は正面玄関の真上にあり、角部屋ではない。

僕はエレベーターで六階に上がり、まずは六〇一号室を訪ねた。

インターフォンを鳴らすと、「はい、どちら様？」と応答があった。やや年かさの女性の声だ。保険関連の調査会社の者であることを説明し、「お隣の件で」と伝えると、「はいはい、いま出ますね」と、住人がドアを開けてくれた。声の主は、髪を紫色に染めた、おそらく六十代半ばの女性だった。でっぷりとよく肥えていて、しかも白い服を着ているものだから、一瞬、雪だるまが玄関に置いてあるのかと錯覚してしまった。

彼女は好奇心を湛《たた》えた視線で僕を見上げて、「で、何を調べてるの」と訊く。私はスキャンダルに飢えています、とその表情が物語っていた。

「例の事件があった、八月二十一日の夜のことをお聞きしたいのですが……何か、物音や叫び声を聞いたということはありませんでしたか?」

「警察にも聞かれたけど、何にもなかったわねえ、変なことは。静かなものでしたよ」と彼女は残念そうに言う。

「その時間帯は、起きていらっしゃったんですか」

「ええ。ついうっかり昼寝をしすぎちゃってねえ。日が変わってもなかなか寝付けなくて。こういう不規則な生活が夏バテの原因だと分かってても、なかなか直らないの」

「そうですか。他に気になることは……」

「それがあるのよ!」こちらが訊き終わる前に、食い気味に彼女は言う。「八月の頭に、聞いたのよ、隣の奥さんが誰かと言い争ってるのを」

「それは何時頃ですか?」

「夜中よ、夜中。午前一時くらいかしらね。このマンション、防音はしっかりしてるけど、さすがにその時間だと声が聞こえやすいの。相手の声は聞き取れなかったけど、絶対に男ね。旦那が夜勤に出てる間に、間男を連れ込んだのよ。それで、その相手と喧嘩《けんか》をしてたのよ。そうに決まってるわ」

いきなり出てきたきな臭い証言に、僕は眉をひそめた。美由紀さんが誰かと夜中に会っていたとすれば、あの転落死が自殺ではなかった可能性が浮上する。

「興味深いでしょ？　それでね……」

僕が黙り込んだのをいいことに、女性は勝手にぺらぺらと喋り出した。よほど他人との会話に飢えているのか、その後二十分近くにわたって彼女の話を聞くことになったが、美由紀さんの人となり——おとなしくて無口で、すれ違っても会話を交わすことはなかった——に関する情報が得られた程度であった。


いくつかの部屋を回ってから、康平さんが待つ六〇二号室へと向かう。時刻は午後七時半。今夜は仕事は入っていないそうなので、じっくり話を聞いても大丈夫だろう。

訪ねていくと、康平さんは大きな体を折り曲げるように頭を下げ、「お待ちしていました」と僕を家の中へと招き入れた。

ダイニングテーブルに向かい合って座り、「マンションの住人の方から、話を聞いてきました」と僕は切り出した。

「どうでしたか」

「一つ、非常に気になることがありました」

六〇一号室以外に、五〇二号室の住人からも、「夜中に美由紀さんが誰かと言い争っているような声を聞いた」という証言が得られた。この真下の部屋だ。どちらのケースも、相手の声は聞いていないそうだが、美由紀さんはかなり強い調子で何かを叫んでいたらしい。

それらの証言を伝えると、康平さんは「まったく心当たりがないですね」と顔をしかめた。「美由紀と喧嘩をしたことなんて、一度もありません」

念のために、住人たちが声を聞いたという日、康平さんが家にいたかどうかを確認してもらう。住人が挙げた日は七月に二回、八月に一回の計三回あったが、どの日も彼は仕事で家を空けていた。

「どういうことなんでしょう」と康平さんが頭を抱え込んだ。「美由紀は、一体誰と言い争っていたんだ……」

「第三者の存在を匂わす証言が出てきましたが、安易に他殺説に飛びつくことはできないと思います。最大の問題は、脱出経路です。玄関には内側からチェーンロックが掛かっていたんですよね。犯人が中にいたとして、どうやって部屋を抜け出したんでしょうか。それについてはいかがですか」

質問すると、康平さんは猫背になって、「……正直、よく分からないんです」と小声で言った。「警察の方にお願いして、いろいろと調べていただいたんですが」

「ベランダにそのような痕跡はなかったと」

「……はい。六〇一号室、六〇三号室に繋《つな》がる仕切り板に破損などは一切見られず、また、美由紀のものを除けば、不審な足跡なども残っていなかったそうです」

警察がそう言っているなら、ロープなどで上下のどちらかに逃げた可能性も排除していいだろう。

つまり、もし美由紀さんが誰かに突き落とされたのなら、犯人は痕跡を残さずに室内から消え失《う》せたことになってしまう。まるで幽霊のように。

難解な問題に行き当たり、康平さんは黙り込んでしまった。テーブルをじっと見つめながら、抜け道を必死に探っているようだ。

僕は彼の次の言葉を待ちながら、久理子さんならどう考えるだろう、と想像していた。

久理子さんは以前、犯人に強固なアリバイのある密室殺人事件を、見事な推理で完璧に解き明かしている。

謎を解く思考過程を、久理子さんは「トレース」と表現する。足跡をたどる、あるいは複写するという意味の英単語だが、「頭の中で事件を再現する」と言い換えるのが一番しっくりくる。事件の背景や関係者の心理状態、犯行プロセスを科学的思考に基づいて順にたどることで、複雑な謎を解くことができるらしいのだ。もちろん、僕のような普通の人間にはそんな離れ業《わざ》はできない。超一流の研究者である久理子さんだからこそ可能な推理方法なのである。

　今回の案件が本当に殺人なら、久理子さんはすぐに犯人の仕掛けを見抜いてくれるはずだ、という期待感はある。ただ、やはり彼女にとって一番大事なのは研究だ。久理子さんの迷惑になるようなお願いはできない。

「ひとまず、この問題はおいておきましょう」と僕は言った。「もう一つ報告したいことがあります。美由紀さんの前夫、青谷亘氏のことを調べてきました」

　はい、と康平さんが緊張の面持ちで頷く。青谷氏がマンションから飛び降りて亡くなっていたことは、すでに彼に伝えてある。

「彼の昔の同僚、それからご遺族の方に話を伺いました。それによると、自殺の原因はスランプにあったようです。仕事で行き詰まり、発作的に死を選んだのだろう、と皆さん口を揃《そろ》えていました」

「事件性はなかったんでしょうか」

「警察は自殺だと断定しています。遺書らしきものが見つかっていますし、その時間帯、家には誰もいなかったそうです」

「美由紀は関係なかったんですね」

「……そこは微妙なんですよ」と僕は言った。「彼女はスランプに陥った青谷氏に対し、周囲が心配になるほど強い調子で叱咤《しった》激励していたらしいんです」

「美由紀が、ですか？　彼女はとても穏やかな性格でしたが……」

「以前はズバズバと自分の意見を言う方だったそうですよ。特に仕事に関しては容赦も妥協もなかったと、同僚の方が証言しています。そして、彼女は青谷氏にも同じように接していました。彼のイラストのクオリティに満足できなければ、家族とは思えないほど苛烈《かれつ》な評価を、本人に直接伝えていたそうですから」

康平さんが悲しげに眉を八の字にした。

「それは別に、彼を苦しめるためじゃないでしょう。クリエイターとしての大成を願っていたからこそ、あえて厳しいことを言ったんですよ」

「だと思いたいんですが、一つ気になることがありまして」

「……なんですか」

「美由紀さんは、青谷氏の死後、彼に掛けていた保険金を受け取っているんです。契約期間が比較的長かったので、自殺でも保険金は出たそうです。失礼ですが、浪川さんは、彼女の預金額を把握されていましたか？」

「いえ、そういうプライベートな部分については、完全に切り分けていましたから」

「どちらからそうしようと持ち掛けたか、覚えてらっしゃいますか？」

「……忘れました」と康平さんが首を横に振る。「たぶん、自然な成り行きでそうなったんじゃないかと……」

「意図的に隠していた可能性もありますね」

「そんなことはありません。きっと、美由紀には美由紀なりの考えが……」そこで言葉を切り、康平さんは頭を掻いた。「いや、そうとも言い切れないですね」

「何か心当たりが？」

「……美由紀が死んでからしばらく、彼女の私物の片付けができずにいたんです。……大事なものを穢《けが》してしまうような気がして」

その気持ちは分かる。僕の祖母も、祖父が亡くなってから何年も、彼が使っていたタンスに触れようとしなかった。故人が生きていた証拠が消えるのが怖いのだろう。

「でも、いつまでもそれじゃいけないと思いまして、思い切って整理を始めました。そうしたら……、冬物を入れていた衣装ケースの底から、鍵の掛かった小箱が見つかりまして」

康平さんは席を立ち、奥の部屋に引っ込むと、すぐにくだんの小箱を持って戻ってきた。ティッシュの箱くらいの大きさで、側面に四ケタのダイヤル錠がついている。

「中身の確認は？」

「まだです。開ける踏ん切りが、どうにもつかなくて。それで、もしよかったら、持ち帰っていただけたらと思うのですが……」

「僕がですか？」と、思わず自分の顔を指差してしまう。

「中を見てもらって、調査の参考にしてもらえればと……」

視線を手元に落としながら、康平さんはぼそぼそとそんなことを言う。背中が丸まって、いかにも自信なさげなその様子を見て、「過去を含めて受け入れてこそ、真の夫婦でしょうに」という古市さんの言葉を思い出した。

美由紀さんと喧嘩をしたことがないと、康平さんは誇らしげに言っていた。だが、裏を返せば、相手を傷つけないようにと配慮するあまり、互いに言いたいことを言えずにいたのではないか。だから、康平さんは美由紀さんのことを信じ切れない。箱に収められた物が、美由紀さんへの印象を悪化させるかもしれないと恐れてしまう。

「康平さん。この箱、今ここで開けましょう」と僕は提案した。

「え、ですが……」

「美由紀さんのことを愛していたなら、何が出てきても、それを受け入れられるはずです。違いますか」

康平さんはちらりと僕を見て、また視線を下げた。

暴論を振りかざしているという自覚はある。いくら夫婦とはいえ、相手に知られたくないことの一つや二つはあるはずだ。だが、康平さんの今後を考えると、美由紀さんのすべてを知っておくべきだと僕は思うのだ。思い出を美化するばかりでは、いつまで経っても彼女の死を乗り越えられないだろう。

僕は黙って彼の返事を待った。気詰まりな沈黙と戦うこと二分あまり。康平さんはおもむろに顔を上げ、「……分かりました」と唇を引き結んだ。「江崎さんのおっしゃる通りだと思います。開けましょう」

「本当に大丈夫ですか？　僕に遠慮する必要はありませんよ。嫌なら嫌と、はっきり言ってください」

「大丈夫です」と答えた康平さんの声に迷いはない。彼はオリンピックの決勝戦に挑む柔道家のような表情で、「やりましょう」と言い切った。

覚悟が決まったようだ。僕は「では、順番に試していきましょう」とダイヤル錠の数字を回し始めた。四ケタなので最大でも一万通り。時間はかかるが、いつかは確実に開くはずだ。

その時は案外早く訪れた。開始から三十分後、数字が一〇〇〇を少し越えたあたりで、あっさり鍵が開いた。

蓋《ふた》を持ち上げてみると、中には折り畳まれた紙と銀行の通帳が入っていた。

恐る恐るというように、慎重に康平さんが紙を取り上げる。

「これは……保険金受け取りに関する書類です」

「青谷亘さんの死に伴うものですね」

「……はい」

「保険金はいくらですか？」

「三千万円です。全額支払われているようです」康平さんは書類を脇に置き、今度は通帳を手に取った。「……受け取った三千万円は、そのまま口座に入れていますね。振り込まれてから、一度も引き出した様子が……あれ？　なんだろう、これ」

「どうしました？」

「いや、去年の終わりくらいから、時々引き出されてるんです。しかも、一回に二十万円とか、三十万円とか、結構な金額が」

「そのお金に心当たりはありますか？」

「いえ、全然。特に大きな買い物をした記憶はないです」

ざわざわと心が騒ぎ出す気配があった。通帳を確認してみると、彼女はトータルで三百万円以上使っていた。ギャンブルか、それとも浮気相手に貢《みつ》いでいたのか。思いつく可能性はどれも暗いものばかりだった。

と、その時、通帳に挟まっていた紙片がはらりと床に落ちた。名刺だ。拾い上げてみると、電話番号と住所、それから、「御霊《みたま》のしるべ　宝貴《ほうき》大山《だいせん》」という謎の文言が書かれている。

ご存じですか、と康平さんに尋ねてみるが、見たことも聞いたこともないという。

スマートフォンでネット検索してみると、ホームページがヒットした。〈御霊のしる〉なる占い店の代表者の名前が、宝貴大山というらしい。店舗は池袋にあるが、さほど有名ではないらしく、ネットでのヒット数は非常に少ない。店の評判や、宝貴大山の素性はまったく摑めなかった。

「……なぜ、こんなものが？」

康平さんは親指と人差し指で名刺をつまみ、胡散臭《うさん》そうに何度もひっくり返している。

「分かりませんが……美由紀さんと無関係ということはないでしょう。会って話を聞く必要がありそうです」と僕は言った。

男か女かも定かではない、この謎の占い師が事件に深く関わっているのではないか。僕の第六感が声高《こわだか》にそう主張していた。

6

翌月曜日の午後三時過ぎ。僕は単身、池袋にやってきた。

名刺に記載されていたビルは、丸ノ内線・池袋駅の西端の出入口を出て、狭くて微妙に曲がりくねった路地を進んだ先にあった。青、白、灰色の三色のタイルがモザイク状に張り付けられた外観はそれなりに凝ったものだったが、そこは商業施設ではなく、どう見ても普通のマンションだった。ベランダには洗濯物が干してあるし、住民が出したと思《おぼ》しきゴミ袋が壁沿いに並べてある。

よし、と気合を入れ、マンションへと突入する。目指すは最上階の四〇四号室だ。

じめじめとした廊下の奥に、その部屋はあった。毒々しい黄色に塗られたドアに、〈御霊のしるべ〉と印字されたプラスチックプレートが貼ってある。

今日はあえてアポイントメントは取っていない。不意打ちで相手のストレートな反応を引き出すためだ。若干の緊張感と共にチャイムを鳴らす。しばらく待っていると、「はい」と返事があった。声は高いが男性のものだ。

「あの、私、懇誠リサーチという調査会社の者なのですが、宝貴大山さんはこちらにいらっしゃいますでしょうか」

「宝貴は私ですが、どういったご用件で」

「浪川美由紀さんのことをご存じでしたら、ぜひお話を伺いたいと思いまして」

「……浪川さん、ね。構いませんよ。ちなみに、なぜ彼女のことを？」

その問い掛けに、僕は一瞬、返答をためらった。宝貴は美由紀さんが自殺したことを知らないようだ。もちろん、知らない振りをしている可能性もある。とりあえず、事実は事実として伝えておくことにする。

「浪川美由紀さんは、先日亡くなられました。保険金支払いの調査の一環として、彼女の交友関係を当たっているところです」

「亡くなった……ひょっとして、自殺ですか」

「……なぜ、そう思われたんですか？」

「いえ、可能性があるとすれば、そうだろうと思っただけです。……そうですか。逃げきれませんでしたか。残念です」

逃げきれない？　どういう意味だろう。どうやら彼は何かを知っているようだ。

鍵は開いているという。玄関先でのやり取りを切り上げ、僕は室内に足を踏み入れた。途端に、線香とバニラを混ぜたような匂いに包まれる。香を焚《た》いているらしい。

室内は薄暗い。廊下の奥にカーテンが引かれていて、隙間から紫色の光が漏れていた。慎重に歩を進め、カーテンをくぐる。

開け放たれたドアの向こうに、黄色いローブを着た、おかっぱ頭の男が立っていた。歳の頃は四十過ぎといったところか。顎先から生えたひげは心臓の辺りまで伸びている。首からは水晶玉を繋げたネックレスを下げていて、両手には忍者が装備するような真っ黒な手甲《てっこう》をつけていた。

「ようこそいらっしゃいました。宝貴大山と申します」

宝貴はうやうやしく一礼し、僕を室内へと招じ入れた。

正面に、脚が隠れる長さの布が掛けられたテーブルが一台、宝貴と客が座る椅子がそれぞれ一脚ずつ、それと、紫色のシェードが取り付けられたフロアスタンドライトが部屋の四隅に置かれていた。入口を除く三方の壁には真っ黒なカーテンが掛けられており、どこに窓があるのか分からない。

紫色の光に満たされた部屋の中で、宝貴は「どうぞお掛けください」と怪しく微笑《ほほえ》んだ。雰囲気に呑《の》まれるな、と自分を叱咤しつつ、「失礼します」と、普通の表情を意識して椅子に腰を下ろす。

宝貴は向かいの席に座り、テーブルの上の明かりをつけた。ソフトボールより一回り大きい、球形の照明が白く光り、宝貴の顔をはっきりと浮かび上がらせた。こちらを見る目は人形のように生気がない。口元が笑っている分、余計に不気味に見えた。

「浪川美由紀さんは、どのような死を選んだのでしょうか」

宝貴はいきなりそんな質問をこちらに投げ掛けてきた。

「……占い師であれば、訊かずとも分かるのではないですか」

軽く挑発してみたが、「未来を視《み》る目は近視なんですよ。彼女が遠くに行ってしまった今、もはや過去を見ることはかないません」と受け流されてしまった。

抵抗していては話が先に進まない。「ベランダから転落したそうです」と僕は正直に答えた。

「やはりそうですか。青谷亘氏の呪縛がそうさせたんでしょうね」

「青谷さんのこともご存じなんですか」

「ええ。まさにそのことで、彼女は私のところに相談にやってきたわけですから」

言葉の意味がとっさには摑めなかった。僕の困惑を見越したかのように、宝貴は口元を歪《ゆが》める。

「私には霊の声を聞く力があります。浪川さんは青谷氏の亡霊に悩まされていました。強い恨みを持ったまま死んだ彼は、決して成仏できない悪霊となって、浪川さんを苦しめていたんです」

宝貴はいきなりとんでもないことを言い出した。ミステリアスな気配に満ちた部屋にいるにもかかわらず、僕は自分の耳を疑ってしまった。どう考えても、大の大人が口にするようなセリフではない。

「強い恨みとは？」

「夫婦の間のことです。そこまでは分かりかねます」

「……そうですか。相談を受けて、宝貴さんは彼女にどんな助言を送られたんですか」

「いくつか対処法を授けました。『部屋に赤い花を飾る』『水風呂に入って体を清める』『家を出入りする時には塩を手に擦《す》り込む』……そのようなものですね」

「その見返りに、何十万円という代金を受け取ったんですか？」

「相談料は一回五千円ですが、それ以上を支払うことを禁じているわけではありません。彼女自身が決めた額ですから、こちらとしてはありがたく頂戴するだけです」と宝貴は真顔で言う。「しかし、私の予想以上に青谷氏の念は強かったようです」

「それはつまり、青谷氏の幽霊が実体となり、美由紀さんをベランダから突き落としたということですか？」

「というよりは、彼女に取り憑《つ》き、体のコントロールを奪ったのでしょう。浪川さんの死を防げなかったことは、私の力不足の致すところです」

しかつめらしい表情で言われても、「それは残念でしたね」と納得できるはずもない。悩み相談のつもりでここを訪ねているのだから、美由紀さんは青谷氏の自殺を悔いていた——あるいは罪の意識に苦しんでいた——はずだ。その心の弱みに付け込み、前夫の怨霊が憑いていると脅して高額の相談料をせしめたことは、法律では許されても道義的には決して許されない行為だ。

だが、どれほどこの男を責めても、のらりくらりとかわされるだけだろう。その程度の保身はしているはずだ。「どうもありがとうございました。私はこれで」と僕は立ち上がった。これ以上話すことはない。

「お待ちください」

部屋を出ようとした僕を宝貴は呼び止めた。

「相談料を払えとおっしゃるんでしょうか」と睨《にら》むと、「いえいえ」と宝貴は気味の悪い笑みを浮かべた。

「せっかくお越しいただいたのですから、私の力をお見せしたいと思いまして。ホラ吹きだと思われるのは心外ですので」

「別に悪口を言いふらすつもりはありませんが」

「まあ、そうおっしゃらずに。もちろんお代はいただきません。見世物だと思ってもらって結構です。ほんの数分で終わりますから」

そう言って宝貴は手招きをする。彼を見据えながら、僕は再び椅子に腰を下ろした。何をやるつもりか知らないが、受けて立ってやろうという気分に僕はなっていた。

宝貴は机の下から五枚のカードを取り出した。

「これはＥＳＰカードと呼ばれるものです。星、十字、波、丸、四角の五種類の絵柄が描かれていますね」

「この模様を透視するんですね」と僕は先回りして言った。テレビの超能力特番で見たことがあるので、手順は知っている。

「その通りです。シンプルなやり方ですが、非常に分かりやすいものだと思います。では、さっそく試してみましょう」

宝貴は五枚のカードを机の上に裏返して置いた。絵柄の描かれていない面は黄色に塗りつぶされている。じっくり観察しても差異があるようには見えなかった。

「では、お好きな一枚を選んで、絵柄を確認してください」

言われた通りに、五枚から適当に左端のカードを取る。絵柄は星だった。

「確認しましたね？　では、テーブルに戻してください」

僕は自分の目の前にカードを裏返しに置いた。

「……あなたが触れたことで、カードに霊力がわずかに付着しました。その霊力と絵柄は共鳴します。その波動を読み取ることで、絵柄を視ることができるのです」

宝貴は淡々とそう説明し、左手で左目を覆い隠した。

「右目だけに力を集中させます。では、行きますよ」

宝貴は深呼吸をしながら、僕の選んだカードの上に右手をかざした。

触れるか触れないかギリギリのところで手を止め、そのまま数秒静止する。宝貴の視線は、僕の頭の上あたりに注がれていた。

「……視えました。あなたが選んだカードの絵柄は、星ですね」

「当たりです」

僕はカードを裏返してみせた。あまり驚きはなかった。この部屋は彼のホームグラウンドだ。正解できて当然だろう、という思いがあった。

「一度ではただの偶然ということもありますので」と宝貴は言い、四回連続でカードの絵柄を当ててみせた。カードを選ぶ時にフェイントをかけたり、残った方のカードをシャッフルしたりと、ちょっとした妨害を加えてみたが、結果に影響はないようだった。

得意げな表情の宝貴に見送られ、僕は四〇四号室をあとにした。

手つきの熟達ぶりを見るに、宝貴はここを訪れた客の前でさっきの「霊能力」を披露し、信頼を勝ち取っているのだろう。

美由紀さんも、宝貴の力を信じてしまったのだろうか。タネは見抜けなかったが、あれは間違いなくマジックの類だ。そんなものに騙《だま》され、法外な相談料を支払ったのだと思うと、やるせない気分になってしまった。

7

それから二日後。昼休みを利用して、僕は久理子さんの勧めるT大学を訪れた。

九月も半ばに差し掛かり、緑の多いキャンパスを吹く風は適度に潤っていて涼しい。昼食に向かう学生の集団とすれ違いながら歩道を進み、僕は理学部二号館にやってきた。

正面玄関から中に入ると、ソファーや自販機が置かれたロビーで、白衣姿の久理子さんが待っていてくれた。

「や、江崎くん」

「こんにちは。お待たせしてすみません」

「大丈夫、いま下りてきたばっかりだから」と軽く手を振り、「じゃ、行こうか」と久理子さんは歩き出した。僕はうきうきしながら、彼女と一緒に再び外に出た。

久々の高揚感に足取りが自然と軽くなる。ここ最近、久理子さんが力を入れて進めていた実験が落ち着いたので、学食でランチを食べることになった。これだけでも相当嬉しいことなのだが、今週末にはデートに行く約束もしている。スキップの一つでもしたい気分だった。

「そういえばさ」並んで坂道を上りながら、久理子さんが口を開いた。「この前言ってた調査、もう終わったの？」

「あ、いえ、行き詰まってしまっていて……」

宝貴大山と美由紀さんの繋がりは明らかになったが、それが事件とどう絡むのかが分からない。結局、あの転落死が自殺なのか他殺なのかの結論は出ていない。

「ふーん、そっか……」

「気にしないでください。難しい調査になることは分かっていましたから。もう少し粘ってみますが、何も出なければ、自殺だったと報告することになると思います。いくらなんでも、前の夫の亡霊が犯人だなんてことはないでしょうし」

苦笑しながらそう言うと、久理子さんは坂道の途中で足を止め、こちらに力強い視線を送ってきた。

「江崎くんはそれで納得できるの？」

「え、僕が、ですか」

「そう。だって、この案件は元々は断るような類のものなんでしょ？　それでも引き受けたのは、依頼者のために頑張りたいって気持ちがあったからじゃないの。中途半端に打ち切るのはよくないよ」

久理子さんの意見の正しさに、僕はがくりとうなだれた。

「すみません、そうでした……」

「いいよ、そんなに落ち込まなくても。江崎くんが手を抜くなんて思ってないよ。私に心配を掛けたくないから、見切りをつけるようなことを口走っちゃったんでしょ」

「はい……申し訳ないです。逆に気を遣わせちゃったみたいで……」

久理子さんは笑顔で駆け寄ってきて、ぽんぽんと僕の肩を叩いた。

「そんな顔しないの。もし江崎くんさえよければ、私も手伝うよ、調査」

「え、でも、研究が……」

「ちょっとくらい手を止めても平気だよ。学生にも休みをあげたいしさ。それに、江崎くんが心配事を抱えてたら、デートも楽しめなくなるじゃない」

「それはそうですが……」

「あっ」と久理子さんが口に手を当てた。「勝手に話を進めてごめん。部外者が口出しするのはよくないかな」

「いえ、そんなことは！」と僕は叫ぶように言った。「久理子さんが協力してくれたら百人力……いえ、千人力です！」

必要性があれば、専門家と共に調査することもある。守秘義務の遵守《じゅんしゅ》にだけ注意してもらえば、他者に協力を仰ぐことに何の問題もない。

「じゃあ、一緒にやろうか。前みたいにうまく行くといいんだけど」

僕は拳を固く握り締め、「きっとうまく行きますよ！」と力強く言い切った。


同日、午後五時過ぎ。僕は久理子さんを連れて、グランメゾンミューズ桜台へと足を運んだ。

幸い、康平さんは在宅していた。玄関で出迎えてくれた康平さんに、「初めまして。T大で助教をしている友永です」と必要最小限の挨拶をすると、久理子さんはさっそく室内へと足を踏み入れた。

リビングを横断し、久理子さんはガラス戸を開けてベランダに出た。

「ここから飛び降りたんだよね」

「ええ。手すりに彼女の足跡が残っていたそうです」

「足跡って？」

「裸足《はだし》でベランダを歩いた時に、足の裏についた砂埃《すなぼこり》ですね。それが手すりに付着したんです。不自然なところはなかったようです」

ふーん、と言って、久理子さんは手すりを摑むと、ぐいっと外に身を乗り出した。飛び出していきそうな勢いに、「ちょっと！」と僕は慌てて彼女の服の裾を摑んだ。

久理子さんは下を覗《のぞ》き込みながら、「うわー、高いねこれは」などと呟いている。

「危ないですよ、久理子さん」

「はいはい」と身を引き、久理子さんは手すりを手の平で叩いた。「ねえ、江崎くん。浪川美由紀さんが飛び降りたのは、ご主人に最後の連絡をしてから何分後くらい？」

「住人が大きな音を聞いた時刻を落下時刻とみなすと、だいたい五分後ですね」

「じゃあ、ベランダに出てからためらっていた時間はかなり短いね」

僕は室内で待っている康平さんを気にしながら、「そうですね。かなり思い切りよく、という感じでしょうか」と答えた。「自殺だとすれば、ですが」

「夜中だから高さは感じにくかったかもしれないけど、怖いよね、普通なら。なんでそんなに急いで飛び降りたんだろうね」

久理子さんが思案顔で言う。確かに、これまで気にしていなかったが、久理子さんの疑問はもっともだ。

「どういう理由が考えられますか」と尋ねたが、「これといった決め手はまだないね」と久理子さんは首を横に振った。

ベランダの調査を終えて部屋に戻ろうとした時、下の通りから「ひゃーっ！」と女性の叫び声が聞こえてきた。

「今のは」久理子さんが再び下を覗き込む。「玄関のところで、女の人がしゃがみ込んでるね。急病かも」

さっと身を翻すと、久理子さんは飛び跳ねるようにリビングを突っ切って、玄関の方へ駆けていってしまう。

「どうしたんですか」と康平さんに呼び止められたので、「下で何かあったようです」とだけ答え、僕も久理子さんを追って部屋を出た。

廊下の奥にある非常階段を駆け下りる音が聞こえる。負けじとコンクリート製の階段を二段飛ばしで降り、一階にたどり着いたところで久理子さんに追いついた。

正面玄関前に、年配の太った女性がへたり込んでいた。その顔には見覚えがあった。以前、話を聞かせてもらった六〇一号室の住人だ。

「どうされましたか」と久理子さんが彼女の側《そば》にかがむ。

女性はあわあわと口を動かしながら、「あ、あれ……」と玄関脇の女神像を指差した。

「泣いてるの、女神が……泣いてるのよ！」

どういうことだ、と振り返って女神像を見上げ、僕は目を見張った。

台座の上に立つ等身大の女神の左頬に、一本の青い筋が浮かび上がっていた。女神像の目元からまっすぐに流れ落ちるその様子は、確かに「女神が泣いている」としか形容のしようがなかった。

宝貴は、青谷亘氏が美由紀さんに取り憑いたと言っていた。そして彼は生前、苗字にちなんで青にこだわったイラストを描いていた。青色という、目に見える形で示された符合。両腕に鳥肌が立った。一体、何が起きているのだ。

おののく僕たちを尻目に、久理子さんは冷静に青い涙を見つめている。

「ねえ、江崎くん。美由紀さんは正面玄関付近に転落したんだったよね」

「そ、そうですけど……」

「ちょっと失礼して」

久理子さんは銅像の太ももの辺りを撫《な》で、触れた指を顔に近づけた。

「緑青《ろくしょう》が浮いてる。表面に被膜ができてるね」

「あの、久理子さん。それがどうかしたんですか？」

「顔についてるあの青い筋は、ひょっとしたら美由紀さんの血液なんじゃないかと思ってね。事故後に拭い損ねたんだろうね。ＤＮＡを調べれば確定できるはずだよ」

「え？　仮にそうだとしても、あんな色になりますか」

「ならないよね、普通は。もし青くなるとすれば、それは間違いなく、普通の血液の成分じゃない何かと、銅が反応したんだと思う」

「何かって何ですか」

「候補はいくつか思いついてるけど、調べてからにしましょう。ここの管理をしてる人に連絡してくれる？　この青い成分、採取して分析するから」

「だ……大丈夫ですか？　罰当《ばち》たりなんじゃ」

僕がそう声を掛けると、久理子さんは「信心深いんだね」と笑った。

「私の知る限り、死者の怨念を実験的に証明したって論文は一報も出てないよ。恐怖は常に人の心の中にだけ存在するの。怖がる気持ちが肉体に悪影響を及ぼしてるだけ。どーんと構えていればいいんだよ」

久理子さんはそう言って、再び青い涙に目を向けた。

8

それから三日後の土曜日。秋の到来を拒絶するような暑い日の午後四時。僕と久理子さんは宝貴大山と会うべく、池袋の〈御霊のしるべ〉へとやってきた。

前回は不意打ち的に乗り込んでいったが、今日は事前に来意を伝えてある。四〇四号室を訪ねると、「やあ、ようこそいらっしゃいました」と宝貴はにこやかに僕たちを迎え入れた。「そちらの方が、電話でおっしゃっていた――」

「友永です。少しだけお時間よろしいですか」

「ええ、もちろんです。聞けば、理学部で助教をなさっている才女でいらっしゃるとか。お会いできて光栄です。さ、中へどうぞ」

久理子さんは一切臆することなく、平然と廊下に上がった。その凛々《りり》しい後ろ姿は、薄暗い室内でも輝いて見えた。

例の紫色の光に満たされた部屋に入り、前と同じようにテーブルを挟んで宝貴と向き合う。

向こうが口を開く前に、「浪川美由紀さんのことでお伺いしたいことがあります」と久理子さんが毅然《きぜん》と言った。

「ええ、なんでしょう」

「単刀直入に訊きます。彼女に何を売ったんですか？」

「売った？　何のことでしょう。助言はお送りしましたが、形として残るモノは何もお売りしていませんが」

「そうですか」と呟いた久理子さんの横顔に、落胆の気配は微塵《みじん》もない。予想通りの返答ということだろう。

「どうやら、友永さんは私のことを勘違いしていらっしゃるようだ。ここでは何も販売しておりません。ただの壺《つぼ》や水を、霊験《れいげん》あるものとして売りつけたりはしていません」

「本当にそうでしょうか？」

久理子さんは言葉の端に自信をにじませた。強気に出るのも当然だろう。女神像に付着していた青い物質の分析はすでに完了している。その出処がこの男だと確信しているのだ、久理子さんは。

「……私の力をお疑いのようですね」

「私は科学者です。信頼できるデータを目にするまでは、何も信じることはできません。……そうだ。彼に見せたという、霊視ですか。あれをもう一度披露してください。そうしたら考え直しますよ」

久理子さんは宝貴にそう持ち掛けた。ここまでは作戦通りだ。

宝貴は目を細め、顎先から伸びたひげを指先でこすり合わせた。

「何か裏がありそうですね。この部屋にいる霊たちが警告を発しています」

「裏も表もありません。純粋に、あなたの能力が本物かどうか確かめたいだけです。まあ、間違いなくインチキだと私は確信していますが」

久理子さんの挑発に、宝貴は眉毛をぴくりと動かした。

「ずいぶん視野の狭いことで」

「私の意見はどうでもいいでしょう。できるんですか、それともできないんですか？　もし本当にできるのなら、それはすごいことです。私が広告塔になって、あなたの能力を学生たちに紹介します」

「ほう……本気でおっしゃっているのですか」

「嘘はつきません。嘘をついたら、あなたと同じ位置まで下がることになりますから」

「すごい自信ですね。いいでしょう。『蒙《もう》を啓《ひら》く』と書いて啓蒙と言います。あなたのその狭隘《きょうあい》な思い込みを覆してみせましょう」

よし、と僕は心の中でガッツポーズを作った。宝貴は挑発に乗ってきてくれた。

あとは――。

隣に座る久理子さんの横顔に目を向ける。宝貴がどうやってカードの絵柄を当てるのかは、まだ解明できていない。彼女がこの場でカード透視トリックを見抜いてくれることを祈るだけだ。

宝貴は気合を入れるように左右の手甲の位置を微調整し、机の下から五枚のカードを取り出した。

「これを使って透視をやるんですね。確認させてもらってもいいですか」

「どうぞ、ご自由に」と宝貴は余裕の表情で応じた。

久理子さんはカードに手を伸ばし、表と裏をじっくり確認した。「ふうん、なるほど」と囁いたその口元に微かな笑みが浮かぶのを、僕は見た。早くも何かを摑んだらしい。

「では、さっそく――」

「あ、ちょっと待ってください。ここ、電波は入りますか？　学生に実験の指示を出すのを忘れてて。メールを送りたいんです」と久理子さんがスマートフォンを片手に席を立った。

出鼻をくじかれた宝貴は、「普通に入ると思いますが」と眉をひそめた。

「そうですか。じゃ、少し待っててください。二、三分で終わりますから」

久理子さんは部屋の隅でスマートフォンを操作し、言葉通り二分ほどで戻ってきた。

「では、始めましょうか。私がカードを一枚選べばいいんですね」

「ええ、お願いします。絵柄は私には見せないように」

頷き、軽くシャッフルしてから、久理子さんは真ん中のカードを手元に持ってきた。

机の下で開いてみると、絵柄は「十字」だった。

「では、それを適当なところに置いてください」

「ちなみに、このカードをハンカチでくるんでも、絵柄を当てられますか？」

久理子さんの問いに、宝貴は「もちろんですとも」と自信たっぷりに答えた。「その程度で霊視が妨害されることはありません。あまり厚く覆われるとさすがに難しくなりますが、布一枚ならまず問題ないでしょう」

「そうですか。じゃあ」

久理子さんはジーンズのポケットから取り出したハンカチでカードを包み、それを机に戻した。

「よろしいですね？　では、参ります」

宝貴は前回同様、左手で左目を隠すと、芝居がかった仕草で、ハンカチで包まれたカードに右手を近づけていった。

宙で手の平を静止し、ゆっくりと深呼吸を繰り返してから、「視えました」と宝貴は静かに言った。「あなたが選んだカードの絵柄は、十字ですね」

「正解です」久理子さんは笑顔で拍手をした。「お見事」

「まだ一回目ですよ」勝ち誇ったように宝貴が鼻の穴を膨らませた。「こちらは、何度でも繰り返す準備はできていますが」

「その必要はありません。あと一回だけで充分です」と久理子さんが人差し指を立ててみせた。「ただし、一つだけ条件があります。顔の前にかざしていた左手を、テーブルに載せたまま、同じことをやってください」

「え、いや、それは……」宝貴が眉間《みけん》にしわを寄せた。「それでは集中力が維持できなくなります」

「景色が見えるのが嫌なら、片目を閉じたらいいじゃないですか」

「そういう単純なものではないのです」と宝貴は首を振った。

「じゃあ、もうやらなくて構いません。その代わり、手甲を外してみてもらえませんか」

「う……」宝貴の顔が歪む。「これは霊力を込めた、特別なもので……」

「分かりました。もう結構です」まどろっこしい問答に飽きたのだろう。久理子さんはすっと席を立った。「あなたの霊視はその程度のものだということですね」

「そんなことはありません。きちんと条件さえ整えば……」

「弁解は結構です。そのカードに触れた瞬間に、からくりは分かりました。あなたが使っているカードは、普通のトランプなんかと比較すると明らかに厚いです。たぶん、プラスチック製でしょう」

久理子さんの指摘に、宝貴が途端に黙り込んだ。

「といっても、特別なものではないと思います。どこの駅でも買える交通系ＩＣカードに塗装を施しただけでしょうね。さっきネットで調べてみたら、ＵＳＢメモリサイズの読み取り装置が市販されていることが分かりました。あなたの右の手甲には、それが隠されているんでしょう。透視のトリックは簡単です。残高の違う五枚のカードを準備し、金額と絵柄の対応を覚えておく。あとは、相手が選んだカードの金額を右手で読み取り、Ｂｌｕｅｔｏｏｔｈでデータを転送し、左手首のスマートウォッチに映すだけです」

ずばりとタネを暴き、久理子さんは宝貴に背を向けた。

「今日、ここで見たことは、私のＳＮＳに載せます。インチキ占い師に騙される被害者を少しでも減らしたいですから」

「――待ってくれ！」宝貴が慌てて立ち上がる。「そんなことをしたら、名誉毀損《きそん》で訴えるぞ」

「じゃあ、久理子さんの指摘が嘘だと証明できるんですね？　手甲、この場で外してくださいよ」

僕が突っ込むと、「それは……」と宝貴は唇を噛《か》んだ。

「まあまあ、江崎くん。そんなに責めちゃあ可哀想だよ」久理子さんが振り返り、にやりと笑ってみせた。「宝貴さん。裁判も結構ですけど、私は別に、『交渉に応じない』と言っているわけじゃないんですよ？」

その言葉を聞いて、宝貴の目が急に鋭さを増した。

「何が望みだ……金か」

「お金もいいですけど、最近、私の研究室に幽霊が出るんですよ」

「幽霊……だって？」

「深夜、廊下に佇《たたず》む足のない男を見てしまって。そのせいで、ずっと眠れない日々を過ごしているんです」と久理子さんは祈るように両手を組み合わせた。もちろんこれは、準備していた嘘の目撃談だ。

久理子さんは手をほどき、体を少しかがめて、宝貴の顔を下から覗き込んだ。

「睡眠不足を解消できる、亡霊撃退法、私にも授けてもらえませんか？　そうしたら、今日のことは私たちだけの秘密にしますから」

「……………」

宝貴が、無言で僕をちらりと見る。「私にも同じものをいただければ」と僕は笑みを浮かべてみせた。

「あんたも、霊に悩まされてるっていうのか」

「そうなんです。保険金殺人の調査をしていたら、どうやら祟《たた》られたみたいで。お願いできますか」

宝貴はゆっくりと椅子に腰を下ろし、背もたれに体を預けるようにのけぞった。

「……本当に、誰にも言わないんだな」

「もちろんです」と、僕と久理子さんは声を合わせた。

宝貴は観念したように大きくため息をつき、テーブルの下から、小さな紙袋を取り出した。

「悪霊を吸着するためのものだ。持って行ってくれ。タダで構わない」

受け取り、中を確認してみる。袋に入っていたのは、ＰＴＰ包装シートにパッケージされた、白い小さな錠剤だった。

僕たちはすぐにＴ大学に向かい、宝貴から受け取った錠剤の成分分析を行った。事件の決着は近い。僕は理学部二号館のロビーで、その結果が出るのをじっと待った。

結果は一時間も掛からずに出た。久理子さんは分析データを印刷した紙を眺めながら、いつもの白衣姿でロビーに現れた。

「どうでしたか！」

「予想通りだったよ」と久理子さんが親指を立てる。「今日もらった錠剤に含まれていた物質と、美由紀さんの血中から検出された物質は、まったく同一の構造」

霊を追い払う力を持ち、銅と錯体《さくたい》を形成して美しい青色を生み出す物質。それが、今回の事件の鍵を握っていたのだ。

「これで、証拠は揃いましたね」

「うん。あの夜、何が起こったのか、これで完全に理解できたね」
・久理子さんは手にしていた紙を白衣のポケットに仕舞い、白い歯を見せた。
「――トレース、完了」

9

調査完了の連絡を浪川康平が受け取ったのは、美由紀の死からちょうどひと月が経過した、九月二十二日のことだった。

いつ来てもらっても構わないと言われたが、一日たりとも先延ばしするつもりはなかった。康平は連絡を受けたその日のうちに、懇誠リサーチを訪ねた。

「お待ちしておりました。こちらへどうぞ」

康平を出迎えた江崎の表情は穏やかだ。結果がどうだったのか、雰囲気や仕草からは読み取れない。

調査を依頼した時と同じ、小さな会議室に通された。康平は窮屈な椅子に腰を下ろし、「どうなりましたか」とテーブルに身を乗り出した。

「はい。調査の結果、美由紀さんはやはり自殺だったと結論づけられました」

「自殺……なんですか」

期待を裏切る一言に、康平は失望すると同時に怒りを覚えた。いったいどんな根拠があって、そんな結論を出したというのか。

「微妙なところなんです」と江崎は言う。「事故死、もしくは殺人という解釈も成り立つかもしれません」

「何なんですか、それはっ」

回りくどい言い回しに、康平は思わず声を荒らげた。

「申し訳ありません。これからご説明いたします。そちらのマンションの玄関付近にある女神像に、美由紀さんの血液が付着していたことは覚えてらっしゃいますね」

「ええ。青い涙ですね」

「はい。それを分析したところ、窒素を含むある化合物が検出されました。アンモニアに代表される、アルカリ性の窒素を持つ物質は、銅と錯体を作って青くなることがあるそうです。そして、宝貴大山が、それと同じ化合物を主成分とする錠剤を販売していたことが明らかになりました」

「あの占い師が……?」

「宝貴はその錠剤を法外な値段で売りつけていたようです。美由紀さんの口座から引き出された金は、そのために使われたのだと思います」

康平は唾を飲み込んだ。美由紀がなぜベランダから飛び降りたのか、その原因がおぼろげながらに理解できた。

康平の思考を読み取ったかのように、江崎が小さく頷く。

「お察しの通り、その化合物というのは、覚醒剤の一種です。ただし、法律で規制されていないので、名称としては『危険ドラッグ』と呼ぶべきでしょう」

「覚醒剤……。美由紀はそれに手を出していたと言うんですか」

「ええ。残念ながら。マンションの住人が聞いていた、美由紀さんが誰かと言い争う声。あれは、彼女が幻覚を見ていた証拠だと思います」

「第三者はどこにもいなかったということですか。……しかし、美由紀はどうしてそんなものに頼ったんですか」

「青谷亘氏の自殺のことはすでにお伝えしたかと思います。おそらく、美由紀さんは彼を死なせてしまったというトラウマを克服しようともがいていたのでしょう。性格が変わってしまうほど苦悩していたようですから、彼の死は意図しないもの——つまり、保険金殺人ではなかったと僕は考えています」

「それで、美由紀は宝貴に相談に行ったんですか？」

「いえ、まだはっきりしていませんが、宝貴の方から美由紀さんに近づいた可能性が高いですね。彼女が編集に関わっていたタウン誌は、池袋でも配布されていました。たまたまそれを読んだ宝貴は、インタビュー記事の写真の隅に写っていた美由紀さんに気づき、彼女にコンタクトを取ったものと推測されます」

「じゃあ、宝貴は美由紀のことを知っていたんですか」

「そのようです。改めて調べたところ、青谷亘氏の同僚の方が宝貴大山という名前を覚えていました。どうも、青谷氏はスランプ脱出のために危険ドラッグに手を出していたらしいんです。その過程で、売人の宝貴と知り合い、何かの機会に妻である美由紀さんを紹介したんでしょう」

「そんな繋がりが……」

「美由紀さんは、あなたが仕事で不在の夜を選んで、錠剤を飲んでいたんです。服用後に幻覚を見たり、大声で独り言を喋ったりするほど強烈なドラッグですが、効果が持続する時間は短いようです。浪川さんが朝に帰宅した時には、すっかりその影響は消えていたんでしょうね。また、万が一意識を失っても痕跡が残らないように、細かく切ってトイレに流すなどして、服用前に錠剤のＰＴＰシートを処理していたはずです」

　だから仕方なかったんだ、と江崎は言いたいらしい。しかし、些細な変化を捉えられてこその夫婦ではないか。美由紀の異変にまったく気づけなかった、間抜けな自分を呪わずにはいられなかった。

「その手の薬物は、使用し続けると耐性ができ、効果が薄れていくそうです。美由紀さんの服用量も徐々に増えていたのでしょう。量が増えれば、効果のコントロールは難しくなります。効きすぎてしまうことがあるんです。そして、あの夜、彼女はとうとう理性の限界を越えてしまいました。錯乱状態に陥り、あなたに電話を何度もかけたのち、青谷氏の幻影から逃れるかのように、ベランダから飛び降りた——それが、彼女の死の真相だと思われます」

美由紀はあの時、自分と何を話そうとしたのだろう。康平はそれを想像せずにはいられなかった。幻覚に怯《おび》え、目についた番号に電話をかけたのか、それとも、これまでのすべてを洗いざらい話そうとしたのか、あるいは頼りない夫を罵《ののし》ろうとしたのか。それは、どれだけ考えても、もはや答えの出ない問いだった。きっと自分は、一生をかけてこの謎と向き合うのだ、と康平は覚悟した。

「報告は以上になります。何か、疑問点はありますでしょうか」

頭の中で渦巻く後悔を深呼吸でかろうじて鎮《しず》め、「宝貴のやったことを、罪に問えるでしょうか」と康平は尋ねた。

「難しいだろう、というのが私どもの見解です。宝貴は、危険ドラッグを『悪霊を吸着するもの』と称して売っていました。言葉上の問題だとはいえ、錠剤の摂取を勧めたわけではありません。もちろん、裏では効能を口頭で伝えていたはずですが、そんな証拠は残っていないでしょう」

「そんな……じゃあ、もうどうしようもないってことですか」

「ただ、民事訴訟で賠償金を取れる可能性はあるかもしれません。錠剤が錯乱状態を引き起こしうることを販売相手に説明しなかったとすれば、何らかの責任を問えるのではないでしょうか。弁護士に相談されてはどうかと思います」

「民事で争う……」

　専門家ではない康平には、どれほどの勝算があるのか分からなかった。だが、勝てる勝てないの問題ではない。裁判を通じて、宝貴の、そして、覚醒剤の危険性を世の中に知らしめる。それこそが、遺族である自分に課せられた使命なのだ。

　康平は顔を上げ、背筋を伸ばした。

「――やります。時間とお金がどれだけ掛かってもやり抜きます。美由紀の弔い合戦ですから」

　揺るぎない決心が自分の中に芽生えたのを、康平はまざまざと感じていた。

10

　九月も終わりに近づいた、ある日曜日。僕はT大学の理学部二号館の前にいた。時刻は午前九時。空は宇宙の果てさえ望めそうなほどに晴れ渡り、よき日を祝うかのようにキャンパスのあちこちで鳥たちが楽しげに鳴き交わしている。

僕は鼻歌を口ずさみながら、持参したトートバッグに手を入れた。籐《とう》のバスケットはまだほんのりと温かい。その中には、僕が朝から精魂込めて作ったサンドイッチが入っている。自信作と言うのはおこがましいが、料理本のレシピに忠実に調理した。久理子さんの口に合うことを祈るばかりだ。

ここしばらく、休みの日は料理の練習にあてている。将来、もし僕が久理子さんと結婚しても、彼女は間違いなく研究者を続けるだろう。不規則で適当になりがちな食生活を手作り料理でサポートするために、今から準備をしているというわけだ。結構楽しくやっているので、料理修業はいずれ趣味になりそうだ。

エプロンをつけて新居の台所に立つ自分を想像していると、「お待たせ」と声を掛けられた。振り返ると、薄桃色のシャツにいつものストレッチデニムパンツ姿の久理子さんが手を上げていた。

「どうも。実験の方は大丈夫ですか？」

「うん。今日は細胞の継代《けいだい》だけだから。じゃ、行こうか」

久理子さんが颯爽《さっそう》と歩き出す。僕は「はい！」と返事をして、彼女の隣に並んだ。

今日は待ちに待った彼女とのデートである。行先は上野動物園だ。今月はいろいろと忙しかったが、こうして共に出掛けられる日が来たことで、すべての苦労が報われた気がする。

「そういえばさ、この間の危険ドラッグ。あれ、近いうちに指定薬物になるよ」

「宝貴が売っていたものですね」

「そう。私の方から、厚生労働省の方に連絡しておいたよ」

「これで、次の被害者を防ぐことができた……んでしょうか」

「結局はいたちごっこだからね。効果は変わらなくても、ほんのわずか化学構造式が違うだけで、規制の網をすり抜けちゃう。根気強く戦い続けるしかないと思う」

「危険ドラッグを野放しにするわけにはいきませんからね。それに、宝貴大山も。あの男をマークするように、警察の知り合いの人に伝えておきました」

「そっか、江崎くん、保険調査で警察と繋がりがあるんだっけ。向こうはなんて？」

「極秘情報ですが、以前から宝貴には目を付けていたようです。どうも、危険ドラッグ以外の違法薬物にもいろいろと手を出していたみたいですね。しばらく泳がせて、密売ルートを摑んでから逮捕に踏み切るとか……」

「そっか。じゃ、あとは本職の人に任せておこうか」

「そうしましょう」

　これで今回の事件はほぼ決着した。だが、何もかもがめでたく収まったわけではない。失われた美由紀さんの命はもう返ってこないし、最愛の妻を失った康平さんはトラウマを抱えて生きていかねばならない。

これからの彼の人生を思い、僕はため息をこぼした。

「どうしたの、そんな顔して」

「……いや、いろいろと考えてしまって。浪川美由紀さんがああなったのは、夫婦間のコミュニケーション不足が一因だったとも言えるじゃないですか」

「まあ、そうだね……。青谷さんのことを相談していれば、全然違った結末になったかもしれないよね」

「ですよね。やっぱり、あれでしょうか。夫婦はどんなことでも隠さずに話し合うべきなんでしょうか。例えば、これまでに付き合った異性のことも」

「うーん、どうかな。ケースバイケースだとは思うけど」そう答えて、久理子さんは空を見上げた。「でも、そんなデリケートな話題でも平気で話し合えるくらいの仲なら、長続きするかもね」

「心を開き合うわけですね。なるほど……」

ふと思いついてしまった、禁断の質問。それを口にすべきかどうか。僕は迷った挙句、「久理子さんは……どうなんでしょう」と、曖昧《あいまい》な形で尋ねた。

「どうって、何が？」

こちらに向けられた視線は今日の空のように澄んでいて、恋の駆け引きをやろうという意思は微塵も感じられなかった。

卑怯《ひきょう》な逃げはやめよう。僕は意を決して、「これまでにお付き合いした人のこと、訊いても大丈夫ですか」とストレートに言った。

「あー、そういうことね」と久理子さんが苦笑する。

「すみません、失礼なことを口走ってしまって。過去を気にする男は嫌われると分かっているんですが、でも、僕はどうも精神的に未熟というか、余計なことをあれこれ想像してしまって、それで落ち込んでしまうこともあってですね……ごめんなさい」

「なんで謝るの。今のが、江崎くんの素直な気持ちでしょ。……で、知りたいの？」

「あ、いや、言いたくなければいいんですけど」

慌てて手を振る僕を見て、久理子さんはふっと微笑んだ。

「そんなに気になってたら、デートに集中できないでしょ？　別にいいよ」

そう言って、久理子さんは僕の耳元に顔を寄せた。

「あのね……」

消え入りそうな声で囁かれた言葉に、僕は思わず「えーっ！」とのけぞってしまった。

「ちょっと、なんでそんなに驚くの」

「いや、えー、すみません、動揺してしまいました」僕は額に滲んだ汗をハンカチで拭い、恐る恐る尋ねた。「……あの、今の話、ホントなんですか」

「嘘なんてつかないよ」

久理子さんは笑いながら僕の頬をつつき、「さ、行こっ」と駆け出した。

思いがけず、意外な過去を知ってしまった。でも、考えてみると久理子さんらしいという気もした。

僕はまだドキドキしている心臓を持て余しながら、彼女を追い掛けて坂道を上がっていった。

Research 03　海に棲む孔雀

1

乃木潤子《のぎじゅんこ》は、眩《まぶ》しさを感じて目を開けた。

中途半端にカーテンの引かれた窓から、黄色い光が差し込んでいる。自分が畳の上で横になっていると気づくのに、少し時間が掛かった。陽光の色合いからして、もう夕方近い時間のようだ。

腹をさすってみると、寝る前に感じていた痛みは治まっていた。潤子は畳に手を突き、ゆっくりと体を起こした。

和室を出ると、すぐそこが居間になっている。プラスチックのおもちゃがあちこちに散らばった部屋はがらんとしていた。夫の悟志《さとし》も、二人の子供の姿も見当たらない。

「健斗《けんと》ー？　蒼汰《そうた》ー？」

子供たちの名を呼んでみるが、返事はない。そういえば、来客があるからと、外で遊ぶように伝えたのだった。昼食後に出かけてから、まだ戻ってきていないようだ。

潤子たちが住むこの町に、娯楽らしい娯楽は何もない。あるのは太平洋に面した浜辺と、品種改良で生み出された、新種の柑橘《かんきつ》類の果樹で埋め尽くされた山だけだ。どちらも歩いていける距離にあるが、夏の日差しはまだきつく、気温も優に三〇℃を超えている。悟志も子供たちも、おそらく海にいるはずだ。

時刻は午後六時になろうとしている。休日は、午後七時に揃《そろ》って食事というのが、乃木家のルールだった。

今日はそうめんにしよう。あとは、卵焼きと野菜炒《いた》めでもつけて……。

潤子は麦茶で喉を潤してから、夕食の準備に取り掛かった。あまり時間もないし、凝ったものを作る元気もなかった。


野菜をあらかた切り終えた頃、「ただいまー」と玄関の方から声が聞こえた。包丁を置き、エプロン姿のまま玄関に向かう。蒼汰が、使い込んだ熊手とプラスチックのバケツを持ったまま廊下に上がったところだった。

「それ、砂がついとるやろ。外に置いとき」

「あ、そうやった」と舌を出し、蒼汰はまた靴を履き直した。

「お兄ちゃんは？」

「えー、知らん」と蒼汰は答えた。昼からずっと幼稚園の友達と遊んでいたため、健斗の姿は見ていないという。「また釣りちゃうん？」

健斗は最近になって、釣りに目覚めたらしい。この夏休み中、釣竿《つりざお》を持って出掛けていくことが何度かあった。針に掛かった魚は持ち帰らずに逃がしているらしい。

「そうかもね。迎えに行こか」

幸い、夕食の支度はほとんど終わっている。潤子は脱いだエプロンを畳んで下駄箱に載せ、蒼汰と共に家を出た。

五歳の息子と手を繋《つな》ぎ、海へと続く緩やかな坂道を下りていく。しばらくすると、海沿いの道路に出た。高さ一メートル半ほどのコンクリートの堤防が、海岸線に沿うようにカーブしながら左右に延びている。

ざっと浜辺を眺めたが、白い砂の上には流木やゴミが散乱しているばかりで、健斗の姿はどこにも見当たらない。

釣りをするとすれば、もう少し南の、岩場の多い辺りだろう。そちらに歩き始めたところで、夕日に横顔を照らされながら走ってくる影があった。健斗だ。

駆け寄ってくる健斗の様子を見て、潤子は眉根を寄せた。黄色いTシャツも濃いグレイのカーゴパンツもびしょ濡《ぬ》れだった。

「どしたん?　海に落ちたん?」

「ええから、ちょっと来て!」

そう言って、健斗は潤子の腕を摑《つか》み、ぐいぐいと引っ張っていこうとする。

「待って待って、何なん急に」

「早く!」

健斗は涙ぐんでいた。子供の頃から転んでも叱《しか》られても泣かなかった健斗が、今にも泣き出しそうな顔をしている。そこで初めて、潤子は異変が起きていることを察知した。

「どこに行くんよ」

「僕が連れてくから、早く！」

分かった、と頷《うなず》き、蒼汰に家に戻るように伝えてから、潤子は健斗と共に駆け出した。走り出してすぐに脇腹が痛み出した。じくじくとした痛みが、足の動きを鈍くする。先を行く健斗に遅れないようにするので必死だった。

二百メートルほど行ったところで、健斗は急ブレーキを掛けた。「こっち！」と叫び、海岸へと続く階段を駆け下りていく。

砂で足を滑らせないように気をつけながら、潤子はコンクリートの階段を下りた。さっきの砂浜から少し離れただけで、景色は一変していた。白い砂は黒っぽい砂利になり、そこここに大小さまざまな岩が転がっている。

健斗は器用に平らな岩を選びながら、飛び跳ねるように海に近づいていく。波打ち際のすぐ近く、軽乗用車ほどもある大きな岩の脇で立ち止まり、健斗は万歳をするように両手を高く掲げた。

「ここーっ！」

何も考えずにサンダルを履いてきてしまったので、ひどく歩きにくい。潤子は足元に注意を払いながら、健斗のもとへと急いだ。

「何があったん……」

大岩の裏を覗《のぞ》き込み、潤子ははっと息を呑《の》んだ。岩の陰に、水着姿の男性が仰向《あおむ》けに倒れている。苦しげに目を閉じ、口を半開きにしているのは、共に暮らしてきた夫に違いなかった。

日に焼けた悟志の胸に手を当てる。肌はまだ生暖かったが、伝わってくるはずの鼓動が感じられない。潤子は唾を飲み下し、夫の胸に耳を押し当てた。心臓も呼吸も、完全に止まっていた。

「お父さん、助かるん……？」

健斗は声を震わせて呟《つぶや》き、悟志の傍らに座り込んだ。

人工呼吸をすれば蘇生《そせい》するかもしれない。潤子はようやくそのことに思い至ったが、どうしても体は動いてくれない。まるで、巨大な力に腕や足を押さえつけられているかのようだった。

潤子は呆然《ぼうぜん》としたまま、視線を海に向けた。水平線に、気味が悪いほど赤い夕日が沈もうとしていた。

その赤の眩しさが目に沁《し》みて、潤子は強くまぶたを閉じた。

「――こちらからの説明は以上になりますが、いかがでしょうか、江崎《えさき》さん。何か確認しておきたいことはありますでしょうか」

関西出身者特有のイントネーションで言って、倉吉《くらよし》さんは僕の顔をじっと見つめた。魚のような丸い目で凝視されると、どうにも居心地が悪い。思い浮かびかけていた質問も引っ込んでしまった。いえ、と言って、僕は紙コップのお茶を飲んだ。

「そうですか。では、お引き受けいただけるということで」彼は厚い唇でにっこり笑って席を立った。「では、私はこれで。今日中に和歌山に帰らなあかんのですわ」

最後だけ関西弁で言って、倉吉さんは黒革のカバンを手に、いそいそと会議室を出て行った。

2

倉吉さんの説明を書き取ったメモ帳を閉じ、ふう、と一息つく。と、そこでドアが開き、「よ、お疲れさん」と一之瀬《いちのせ》所長が顔を覗かせた。

「ああ、どうも。お疲れ様です」

「顔に疲労が滲《にじ》んでるな」と言って、一之瀬所長は向かいの椅子に腰を下ろした。「あいつと話すと妙に疲れるだろ。昔からそうなんだよな」

「でもまあ、こうして依頼を持ってきてくださったわけですから」と僕は苦笑した。

倉吉さんは、一之瀬所長が大手保険会社〈大日本生命〉に勤務していた頃からの知り合いだそうだ。一之瀬所長は会社を辞めて懇誠《こんせい》リサーチを立ち上げ、一方の倉吉さんは地元である和歌山へと転勤になったが、今でも二人の付き合いは続いているとのことだ。

「それで」と一之瀬所長が机に肘をついた。「倉吉の話はどうだった？」

「珍しいケースだと思いますね」と僕は正直な感想を口にした。

今回の調査対象となるのは、和歌山県の南西部、柑橘類の生産地として知られる、N町で起きた死亡事故だ。

今年の八月三十日に、乃木悟志という三十一歳の男性が、自宅近くの海岸で死んでいるのが発見された。死因は溺死《できし》で、警察は事件性なしと判断した。彼は死亡保障が二千万円の保険に加入しており、受取人は三十六歳の妻になっている。

倉吉さんが勤める大日本生命和歌山支店にその電話がかかってきたのは、いよいよ保険金の支払い決裁も間近という、九月の中頃のことだった。声の主は男性で、前置きもなしに「乃木悟志の件は、保険金目当ての殺人だ」と告げて、電話を切ってしまったのだ。いわゆるタレコミである。

男性は名前を名乗らず、また、公衆電話からの電話だったため、通報者の特定には至っていないとのこと。ちなみに、僕も録音したものを聞かせてもらったが、無機質というか、感情のこもっていない声という印象を受けた。

このタレコミを受け、大日本生命で調査の必要性について協議が行われたそうだ。怪しさ満点の電話とはいえ、特定の案件を指して「保険金殺人だ」と言っている以上、無視することはできない。そういう結論になり、倉吉さんは旧知の仲である一之瀬所長に依頼を持ち掛けた。我が社にその手の特殊な調査に関する実績があるからだ。

ウチには昔から保険金殺人の疑いのある案件が持ち込まれることが多く、僕が勤め始めてからの二年半の間にも、いくつもの事件の調査を引き受けてきた。つい先日も、不審な占い師が絡んだ調査依頼を解決したばかりだ。

一癖《くせ》も二癖もある案件にばかり関わっているせいか、僕も耐性ができてきた。今回の依頼も、少なくとも現時点では冷静に受け止めているつもりだ。

「そういえば……」さっき訊《き》きそこねた質問が、空気の泡のようにぽこんと頭の中に浮かんできた。「そのタレコミの電話をした男性は、どうして保険会社を特定できたんでしょう。他の会社で似たような電話を受けたという報告はないそうですが……」

「そりゃあ、事件があったのが人口七千人足らずの小さな町だからだ」と一之瀬所長はことなげに答えた。「事故死自体がめったにないことなんだ。個人情報が筒抜けになるのも仕方ないだろ」

「ということは、電話をかけたのは同じ町の住人だと」

「普通に考えりゃそうだろうな」と一之瀬所長は口を曲げて頷いた。

「保険金の受取人である奥さんへの嫌がらせでしょうか」

「さて、どうだろうな。田舎ならではのドロドロしたもんが隠れてるのかもしれないし、通報通り、保険金殺人だって可能性もある。いずれにせよ、依頼を受けた以上はきっちり調査をやらんといかんだろう。お前が納得いくまで向こうにいればいい」

「分かりました」

事件のあったN町へは、羽田から南紀白浜空港へと飛び、そこから電車を使って向かうことになる。交通費と移動の効率を考慮し、今回は現地に宿泊して調査を行う。

「宿泊費用は調査費に含めていいそうだ。近くに豪華なホテルがあれば最高だったんだが……」そこで、一之瀬所長がぱあんと手の平を打ち合わせた。「そうだ、いいことを思いついたぞ。今回の出張、リケジョ先生と一緒に行ってこい」

思いもよらぬ提案に、「えっ」と僕はのけぞった。所長の言う「リケジョ先生」というのはもちろん、友永久理子《ともながくりこ》さんのことだ。

「最近、何度かデートしてるんだろ。向こうもお前のことを気に入ってくれてるみたいだし、ここらで一丁、ぐーんと距離を縮めたらどうだ。海辺の街で、美味《うま》い刺身に舌鼓を打ちながら、ゆったりと日本酒を酌《く》み交わす。これでもうイチコロよ」

風呂上がりの、しどけない浴衣姿の久理子さんを想像し、僕はごくりと唾を飲み込んだ。二人きりの旅行は確かにこの上なく魅力的だ。しかし、自分に都合のいい空想に浸ってはいけない。僕は背筋を伸ばして言った。

「公私混同になりますし、それになにより、彼女の意向もありますから」

「んなことは分かってるって。俺はあくまで提案してるだけだ。交渉するのはお前の仕事だろうが」

「いやあ、断られると思いますよ……」

「なんで勝手に決めつけるんだコラ！」

跳び上がるように席を立ち、一之瀬所長は筋肉の鎧《よろい》に覆われた腕で僕を強引に立ち上がらせた。

「いて、いてて。所長、痛いです」

「うるせえ。ぐずぐず言ってないでさっさと行ってこい！」

一之瀬所長はそう言って、部屋から僕を廊下に蹴り出した。

まったくもう、とため息をつき、僕は薄暗い階段を下りていった。

所長は洞察力が鋭い。久理子さんに会わずに、「やっぱり断られました」と嘘《うそ》をついたら、すぐに見抜かれてしまうだろう。旅行に誘うかどうかはともかく、会いに行くだけ行ってみることにした。

メールを送ると、「今なら大丈夫」ということだったので、僕は急ぎ足でT大学へと向かった。彼女と話ができるのは素直に嬉《うれ》しい。

十月を迎え、キャンパスには爽《さわ》やかな風が吹き渡っていた。通りの左右で存分に枝を伸ばしているイチョウが、ほんのわずかに黄色い葉をつけている。あとひと月ほどすれば、都内屈指のイチョウの名所であるこのキャンパスは真っ黄色に染まる。

緊張と高揚の入り混じったふわふわした気分で歩道を進み、理学部二号館に到着した。正面玄関から中に入り、久理子さんの研究室がある四階に上がる。

最近、何度もここにお邪魔しているが、空気の薬臭さにはなかなか慣れない。あちこちの実験室で使われている試薬や溶剤の蒸気が微妙に漏れて混ざり合った結果なので、日によってがらりと臭いが変わる。今日は、草刈り直後の地面にポン酢を振りかけたような臭いがしていた。

イエローのリノリウム張りの廊下を進んでいく途中で、僕は足を止めた。ちょうど、実験室から久理子さんが出てきたところだった。最近お気に入りの赤いタートルネックのセーターと白衣の組み合わせが鮮やかだ。

彼女に駆け寄ろうとしたところで、数人の男子学生が廊下に姿を見せた。彼らは久理子さんを取り囲み、「この実験条件なんですが」などと議論を始めてしまう。

背が高くてすらりとしたやつがいたり、銀縁眼鏡のいかにも理論派っぽいやつがいたり、小柄で童顔で母性本能をくすぐりそうなやつがいたり……。理系の学部では女性が極めて少ないため、女性は誰でもちやほやされるという。しかも、久理子さんはさっぱりした性格で話しやすく、おまけに眉目秀麗《びもくしゅうれい》ときている。彼女に惹《ひ》かれない男などいるはずもない。研究の話をしているだけだと分かっていても、久理子さんに想いを寄せる一人の男として、男に囲まれる彼女を見るのは辛かった。

と、その時、テキパキと質問に答えていた久理子さんがこちらに気づいた。

「ちょっとごめん。来客」

男子学生たちをその場に残し、久理子さんは僕のところにやってきた。こっちを見てくれた。それだけで僕の感じていた不安はたちまち消え失《う》せてしまった。

「この間はありがとう。直接会って、お礼を言わなきゃと思ってたんだ」と久理子さんが笑みを浮かべた。「ドーナッツ、ありがとうね。学生たちも喜んで食べてたよ」

「本当ですか。味、大丈夫でしたか」

「うん、ばっちり。お店で売ってるのと遜色なかったよ」

久理子さんがそう言って親指を立てた。「よかったです」と僕は胸を撫《な》で下ろした。

彼女は優秀な研究者で、実験第一の生活を送っているため、食事がどうしても不規則になりがちだ。それをサポートするため、僕は自主的に料理の修業に励んでいる。

栄養のバランスの取れた食事はもちろん、時には甘いもので疲れを癒やすのも大事だろう、ということで、最近はお菓子作りも練習している。手始めにドーナッツを作って持って行ったのだが、好評なようで何よりだ。

「今度はクッキーに挑戦してみますね」

「いいね。楽しみにしてるよ。……ところで、話ってなに？」

白衣のポケットに手を突っ込みながら、久理子さんがつぶらな瞳で見つめてくる。

「あ、えーっと」僕は頭を掻《か》き、「実は、仕事で和歌山の方にしばらく出張することになりまして」と切り出した。

「泊まりがけで？　そうなんだ。大変だね」

「まあ、はい。それでですね、急な提案で申し訳ないんですが、もしよかったら、その、一緒に旅行に行ければなー、なんて思いまして。あ、いや、調査に同行してくれと言ってるわけじゃなくて、仕事が終わってから、一緒に旅先の雰囲気を楽しめたらな、と考えているんですが……」

僕はつっかえながら言って、そこで彼女の反応を待った。久理子さんは顎に手を当て、足元に視線をさまよわせている。

「いつから向こうに行くの？」

「来週の頭から、まるまる一週間滞在する予定です。なので、調査が終わる来週末にでも……」

「うーん……」と久理子さんが眉根を寄せた。「残念だけど、スケジュールが合わないね」

断られた──。

頭の中で描いていた旅先での光景が、ガラガラと崩れ落ちていく。その衝撃が、僕から冷静さを奪い去る。元々無理だと思っていたくせに、僕は「やっぱり実験が忙しいですか」などと、みっともなく食い下がるようなことを口にしてしまった。

「ううん。そうじゃなくて、研究室旅行があるから。来週末から再来週の月曜まで、二泊三日で長野にある教授の別荘に行く予定なの。スタッフは強制参加だから断れないし、それまでの何日間かは集中して実験しなきゃいけないから……」

「あ、そうなんですか……」

「ごめんね。話はそれだけかな？　じゃ、またね」

僕は悄然《しょうぜん》としながら、実験室に戻っていく久理子さんを見送った。

所長にはたぶん、押しが弱いと責められるんだろうな……。そのシーンが嫌になるほどまざまざと思い浮かんでしまい、僕は深いため息をついたのだった。

3

十月五日、月曜日。僕は予定通り飛行機と電車を使って、事件のあったN町へとやってきた。自宅を出てから約五時間。結構な長旅だった。

改札を出るなり、海からの強い潮風に出迎えられた。その風に乗って、微《かす》かに柑橘類の匂いもしてくる。山の斜面を埋めるように植えられた果樹から、香気が発せられているのだろう。

僕が泊まる民宿〈うしお荘〉は、駅のすぐそばにあった。三階建ての建物の脇に取り付けられた非常階段はすっかり錆《さ》びてしまっている。これでは非常時に用をなさないのでは、と不安になりながら、チェックインを済ませて三階の部屋に向かった。

荷物を置き、窓際の籐《とう》椅子に座って一息入れる。窓からは真っ青な太平洋が望めた。風が強いせいで、無数の白い波が立っている。地球の生命力の強さを感じさせる景色だ。あの海で、乃木悟志さんは命を落としたのだ。

時刻は午後二時半。このまま夜までのんびりしたいところだが、仕事で来ているのでそうもいかない。膝を軽く叩《たた》いて立ち上がり、うしお荘を出て再び駅へと向かった。

一台だけ停《と》まっていたタクシーに乗り込み、地元の警察署へと向かう。

調査の土台となるのは、客観的な情報だと僕は考えている。被害者の家族や関係者と会う前に、警察の見解を確認しておく。まずはそこから始めることにした。ひと通り資料は読んできているが、第三者の視点でまとめられた情報ではない、生の声を聞いておくことが大切だからだ。

海沿いの道を十分ほど走り、二階建ての小ぢんまりした庁舎へとやってきた。海からの風のためだろう。外壁の塗装があちこち剝がれまくっている。

事前にアポイントメントは取ってあった。受付で悟志さんの事件の担当者を呼び出してもらう。廊下のベンチで待つこと数分。よく日に焼けた、五十絡みの恰幅《かっぷく》のいい男性警官がやってきた。野性味あふれるというか、快活な雰囲気のある人だった。鉢巻を頭に巻いたら、たちまち大工の棟梁《とうりょう》のできあがりだ。

「遠いところからよくいらっしゃいました。生活安全刑事課の岡見《おかみ》と申します」と、彼は一礼した。しゃがれた低い声だ。本気で容疑者を脅せば、すぐさま自白が引き出せそうだ。

岡見さんに案内され、署内の小部屋に向かう。テーブルが一つにパイプ椅子が四脚。窓は小さく、ご丁寧に鉄格子が嵌《はま》っている。もともと取調室として使われていた部屋で、今はここで簡単な会議などをするのだそうだ。

僕はさっそく、「乃木悟志さんの件について、お話を伺わせていただけますか」と切り出した。

「ええ、ええ、なんでも聞いてください」と、岡見さんは得意げに胸を叩く。「悟志のことは、昔からよく知っとります。あいつの実家は山の上にあるんですが、暇があれば自転車で山を下って、海に遊びに行っとりましたな。帰りが遅くなって、パトカーで家まで送ったことも何度かありました」

悟志氏はN町の出身だ。結婚後は実家を出て、海沿いの一軒家を借りて暮らし始めたと資料にはあった。ちなみに、彼は隣の市のスポーツショップで働いていた。

「海がとても好きだったんですね」

「そうですな。悟志は、近くの海水浴場でライフセーバーのボランティアをしとりまして。溺《おぼ》れた人を助けたこともありますよ」

「つまり、泳ぎは大得意だったわけですね。それなのに、悟志さんは海で亡くなってしまった。……本当に、単なる事故だったのでしょうか」

「検視はしっかりやりました」多少むっとした様子で岡見さんは言う。「岩の多い浜に引き上げられたんで、腹や足に多少の傷はありましたが、それ以外に目立った外傷はなかったですわ」

「では、なぜ溺れてしまったんでしょう」

「酒でしょう。血液検査で、低濃度ではありますがアルコールが検出されとります。

酔って海に入ったせいで、何か異変が起きたんでしょう、ええ」

それは保険会社の資料にも書かれていたことだった。資料には事件現場に関する記載もあった。そちらについても確認しておこうと思い、「事件があったのは、崖のそばだったと聞いていますが」と僕は言った。

「ええ。五メートルほどの高さがある、崖というか岩場がありまして。その下の海底は、こう、壺《つぼ》のような地形になっとるわけです」と、岡見さんが両手で輪を作る。「悟志はそこに向かって飛び込むのが好きやったんです。むしゃくしゃする日は、何回も何回も飛び込んどりましたわ」

「事件があったのは日曜日ですね。何か嫌なことがあったんでしょうか」

「そこまでは知りません。ずっと家におったみたいですがね。あまりに暑いんで、頭に来たんとちゃいますか」と岡見さんはやや投げやりに言った。

どうも、警察はこの事件をあまりほじくり返されたくないようだ。捜査ミスを指摘されるのを恐れているのかもしれないが、だからといって手加減するわけにはいかない。気になっている点をビシバシと尋ねていくだけだ。

「溺れた悟志さんを見つけたのは、長男の健斗くんだったということですが」

「ええ。浜辺で釣りをしとったら、『助けてくれー』と悟志の声が聞こえてきたそうですわ。で、様子を見に行ったら、悟志がうつぶせで波間に浮かんどったんです。健斗は果敢にも海に飛び込み、悟志を海岸まで引き上げました。父親を助けようと必死やったんでしょう。……私があの子から話を聞いたんですが、感情を表に出さないように、淡々とそん時のことを喋《しゃべ》ってましたわ。もっと早く駆けつけていればお父さんを助けられたのに、とも言うてましたな。いや、偉い子です」

感に堪《た》えない、というように岡見さんは腕を組んで何度も頷いた。

「証言に不備はありませんか？　例えば、助けを求める前に、悟志さんが誰かと言い争っていたとか」

「それはないんとちゃいますか。そんなん聞いてたら、いの一番に言うでしょう」

岡見さんは貧乏ゆすりを始めていた。こちらの質問に苛立《いらだ》っているようだ。ここらで話の流れを変えた方がよさそうだ。事件当日の話を切り上げ、悟志さんの人となりについて尋ねることにした。

「悟志さんは、地元での評判はどうだったのでしょうか」

「評判と言われましてもなあ……。別に悪い噂《うわさ》は聞いたことがないですわ」と岡見さんが首をひねる。「酒好きやったけど、盛り場で暴力沙汰を起こしたわけやないし、近所の人ともうまくやっとりましたよ。地元の祭りで屋台の設営を手伝ったりとか」

「奥さんの潤子さんはどうですか？」

「ああ、あの人ね……」調子よく喋っていた岡見さんが、そこで表情を曇らせた。「潤子さんは、こっちの出身やないから、詳しいことはよう分からんのですわ。私に言えるのは、スーパーのレジ打ちのアルバイトを真面目にこなしてるな、ってくらいです」

「彼女は、悟志さんとの結婚を機にこちらに引っ越されたんですか」

「いや、六年前に町に越してきた時は、まだ独身でしたな。駅前のスナックで働き始めて、そこで悟志と知り合ったわけです」

ん？　僕は引っ掛かりを覚えた。明らかに数字が合っていない。

「健斗くんは今、十歳ですよね？」

尋ねると、岡見さんは小声で「連れ子なんですわ、上の子は」と教えてくれた。「弟の方は、悟志との間の子供やけどね」

「ああ、そういうことですか……」

「せやけど、悟志が子供らを区別するようなことはなかったと思いますよ。小学校の行事にもちゃんと参加しとりました」

悟志さんをかばうように岡見さんはそう説明を付け加えた。もう故人になってしまったとはいえ、昔馴染《なじ》みが悪い方に誤解されるのは我慢できないのだろう。

その後、町内での不審人物の目撃情報について尋ねたが、耳寄りな情報は得られなかった。警察は殺人事件である可能性をまったく想定していないようだった。タレコミ電話の件は、まだ噂になっていないらしい。

　ひと通り話を聞き終えたところで、僕は警察署をあとにした。基礎データの確認が終わったら、次は現場検証だ。電話でタクシーを呼び、今度は悟志さんが溺れた海岸近くまで移動する。

　車を降りると、目の前が海だった。堤防をまたぐように乗り越え、コンクリートの階段で浜辺に下りる。資料にあった通り、ごつごつした岩が目につく。

　風に髪をあおられながら、左手に聳《そび》える崖を見上げてみる。崖というより、幅のある直角三角形、と表現した方がしっくりくる。斜辺はなだらかで、ところどころに窪《くぼ》みがある。這《は》うようにすれば、誰でも簡単に先端まで登って行けるだろう。

　悟志さんは、時々ここから海に飛び込んでいたという。僕にはとても無理だ。ストレス解消どころか、飛び込みの恐怖が逆にストレスになること請け合いだ。

　と、その時、僕は人の話し声を耳にした。

　声の方に目を向けると、波打ち際にあった巨大な岩の陰から二人の少年が姿を見せた。目尻が切れ上がった気の強そうな子は十歳前後で、対照的に丸い目をした優しげな子は、五歳そこそこといったところか。

　待てよ、と思い当たる。十歳と五歳といえば……。

　二人の少年は岩陰で足を止め、じっとこちらを見つめていた。僕は笑顔で彼らのもとへ向かった。

「こんにちは。この辺に住んでる子かな」

「……そうですけど」と、釣竿を持った年長の少年が応える。こちらに向けられた目は鋭く、警戒心に満ちていた。まるで野生動物だ。

まあ、浜辺にいきなりスーツ姿の男が現れたのだ。戸惑うのも当然だろう。子供たちと目線の高さを揃えるため、僕はその場にしゃがんだ。

「お兄さんの名前は、江崎といいます。ここには、仕事で来ました」

簡単な自己紹介をする。小さい方の子は不思議そうに瞬きを繰り返している。純粋に、不思議なものを見る目をしていた。

僕は二人を見比べながら、「ひょっとして君たちは、乃木健斗くんと、蒼汰くんかな？」と尋ねた。

「うん」と小さい子が頷く。ビンゴだ。

「よくここに来るのかな」

「ううん。僕はねー、お母さんに言われてお兄ちゃんを探しに来たんよ。ここで遊んだらあかんのに、お兄ちゃん、またここで釣りしよんねん」

「そうなんだ。海の近くは危ないもんね」

「蒼汰、知らん人と喋ったらあかん」

健斗くんはそう言うと、蒼汰くんの手を引き、早足で僕から離れて行ってしまった。

警戒を解くに至らず、である。ちょっと拙速《せっそく》だったかもしれない。特に、長男の健斗くんには悪い印象を与えてしまったようだ。大事な証人から嫌われてしまうと、いろいろとやりにくくなる。

僕はため息をついて、大きな岩の向こうに回り込んだ。崖の真下からの距離は、だいたい十メートルといったところだろう。悟志さんはこの場所に倒れていたという。健斗くんが引き上げたのだ。

海面に浮かんだ父親を、服のまま海に入って、波打ち際まで運んでくる。その時の健斗くんは、どんな気持ちだったのだろう。

僕は波の音に耳を傾けながら、そのことについて想像を巡らせた。

4

現場近くをしばらく散策してから、僕は乃木家へと向かった。

海沿いの道を数分歩き、そこからなだらかな坂道を上っていく。道の左右にはぽつぽつと民家が並び、その隙間を埋めるように、ネギや白菜が植えられた小さな畑がある。

時刻は午後五時十五分。そろそろ日が沈む時刻だ。僕の体も道路も家も、綺麗《きれい》な赤《しゃく》銅《どう》色に染め上げられようとしている。

夕日を背に受けながら歩いていくと、やがて目的の家が見えてきた。二階建ての、どこにでもある一軒家だ。ただ、すべての窓に頑丈そうな雨戸がついている。和歌山の南部は、時々台風の直撃を受けることがある。どこにも上陸せず、勢力を保ったまま近づいてきた台風の威力は相当なものなのだろう。

家の明かりはついていた。夕食の支度をしているらしく、包丁がまな板を叩く音も聞こえてくる。

玄関ドアの脇の表札を確認してから、僕はチャイムを鳴らした。ちなみに、今回は不意打ちの来訪だ。無礼なのは承知しているが、何も伝えずにいきなり訪ねて行く方が、正直なリアクションを引き出せることが多い。

すぐに包丁の音が止《や》んだ。玄関脇のコンテナに植えられたコスモスを眺めているとドアが開き、軽くウェーブの掛かった、長い髪の女性が顔を覗かせた。

思ったより背が高い。一六五センチ以上はありそうだ。海辺の町に住んでいる割に肌は白く、その分、目の下の隈が目立ってしまっている。大地を満遍なく照らす夕日に晒《さら》された彼女の姿は、どことなく疲れて見えた。

「……どちら様ですか？」

「乃木潤子さんでいらっしゃいますでしょうか。突然押しかけてしまい、申し訳ございません。私、懇誠リサーチの江崎と申します。乃木悟志さんの生命保険に関する調査を行っております。少しお話を伺わせていただけませんでしょうか」

説明しながら、僕は潤子さんの反応を窺《うかが》う。表情に大きな変化はない。わずかに眉をひそめながら、僕の喉仏の辺りをじっと見ている。

「あの、調査って、いったいどういう……」

「いえ、大したことではないんです。形式的なものとお考えいただければ」と僕は言った。今はまだ、殺人疑惑について調べていることは伏せた方がいいだろう。

「そうですか。……散らかっていますが、よろしければどうぞ」

「いえ、そんな。お気遣いなく」

一度断ったが、「玄関先でというのもなんですので」と潤子さんが言うので、家に上がらせてもらうことにした。近所の目が気になるのだろう。

リビングに入り、僕はさりげなく室内の様子をチェックした。テレビ、テーブル、カーテン、カーペット、電化製品の質はどうか。絵画、工芸品、腕時計、宝石類が置いてあるかどうか。見るのは主にそんなところだ。家の大きさに比べて明らかに高級品と思われるものがあれば、生活に必要ない無駄な出費をしているとみなすことができる。収入に見合わない贅沢《ぜいたく》をすれば、借金を背負うことになる。金に困っていれば、保険金殺人に手を出してもおかしくない。そういう理屈だ。

ただ、ざっと確認する限りでは、暮らしぶりは堅実なようだった。本棚に海の生き物の図鑑が何冊も並んでいるのが目につく程度で、むしろ家具は少ない方だろう。

僕はチェックを済ませてダイニングテーブルに着き、「この度はご愁傷さまです」と頭を下げた。

「あ、いえ……突然のことで、私もまだ受け止められていないというか……」

「まだ気持ちの整理もつかないことと存じます。そんなところを恐縮ですが、いくつか質問させていただいてもよろしいでしょうか」

「はい……」と不安そうに呟き、潤子さんは僕の向かいに腰を落ち着けた。

まず、僕は悟志さんの交友関係について質問した。友人はどのくらいいたのか、職場での評判はどうなのか、誰かと諍《いさか》いになったことはなかったか。ひとまず、そういった問いをぶつけてみた。

伏し目がちで、また、小声ではあったが、潤子さんは僕の問い掛けに素直に答えてくれた。彼女の証言を簡単にまとめると、次のようになる。

◆昔からの知り合いと時々飲みに行っていた。

◆職場の様子はよく知らないが、愚痴をこぼすようなことはなかった。

◆自分の知る限り、トラブルに巻き込まれたことはない。

つまり、特に命を狙われるような状況ではない、と言えるだろう。ひとまずそう判断し、僕は次の質問に移る。

「辛い記憶を思い起こさせてしまうかもしれませんが、悟志さんが亡くなった日のことを伺わせてください。あの日、悟志さんはどのように過ごされていましたか」

「……前の晩、中学時代の同級生と飲みに行っていた影響で、午前中はずっと寝ていました。起きたのは昼を回ってからです。しばらくテレビを見たりしてゴロゴロしてから、たぶん、夕方に家を出たのではないかと……」

「たぶん、というのは」

「ああ、すみません。私もちょっと、昼寝をしてしまって」と、腹部を押さえながら潤子さんが言う。「目を覚ましたら、家の中に誰もいなかったんです」

「寝ていた時間帯は覚えていらっしゃいますか？」

「……そうですね、午後四時から六時くらいまでだと思います」

視線を手元に落としながら、潤子さんはそう答えた。つまり、悟志さんが命を落とした時刻、彼女にはアリバイがないわけだ。

「その時間帯、健斗くんと蒼汰くんも外にいたんですね」

「ええ。昼ご飯を食べてから、ずっと遊んでいたようです」

「その後はいかがでしょう」

「夕食の支度をしていると、蒼汰が帰ってきました。てっきり健斗も一緒だと思ったのですが、一人で釣りをしているようだったので、迎えに行くことにしました。そうしたら、途中で健斗と出くわして……全身びしょ濡れで、ひどく焦った様子で、私の手を引っ張るんです。どうしたのかと思いながら海の方に行くと、海岸にあの人が……」

潤子さんはそこで言葉を濁した。

「すぐに救急車を呼ばれたのでしょうか」

「あ、いえ、携帯電話を持ってなかったので、健斗に頼みました。家に帰って、一一九番をするようにと。私はその場に残って、救命活動をやらなきゃいけなかったので……すみません」

別に僕に謝る必要はないのだが。潤子さんは下手に出るたちというか、弱々しい感じを常に漂わせている。守ってやりたいと思う人もいれば、もっとしっかりしろと憤る人もいるだろう。

僕は気を取り直し、「救急車が来るまでに、現場付近で人影を見かけたりしませんでしたか？」と尋ねた。

「いえ……あの辺りは人家から離れていますし、車もほとんど通りませんから」

彼女がそう答えた時、リビングのサイドボードの上で電話が鳴り始めた。潤子さんは「ちょっとすみません」と席を立ち、電話機を見ただけで戻ってきた。

「出ていただいても結構ですよ。席を外しますので」

「……〈非通知〉は無視していますので」と潤子さんがため息を落とす。「電話に出ても、どうせ向こうは何も言わずに切るだけですから」

「……いたずら電話ですか」

「そうですね、たぶん。最近、多いんです」と力なく彼女が頷く。

ざわり、と僕の心に波が立った。

「ひょっとして、無言電話が増えたのは、悟志さんが亡くなってからじゃないですか」

そう尋ねると、潤子さんは一瞬目を見開き、発しかけた言葉を抑えるように口に手を当てた。

「いかがですか？」

重ねて訊くと、「……そうですね、言われてみれば、確かに」と潤子さんは思案顔で答えた。

やはりそうか。保険会社に掛かってきたタレコミ電話といい、悟志さんの死後に急増したいたずら電話といい、どうやらこの事件の周りでこそこそと動き回っている人間がいるらしい。両者をイコールで結べたなら、この件は単なる嫌がらせと結論付けてもいいだろう。

予定していた質問は終わった。ただ、もう一つ重要な頼みごとが残っている。僕は

「健斗くんと話をさせていただけませんか」と申し出た。

「どうしてあの子と?」

「溺れた悟志さんを発見した状況を教えてもらえればと思いまして……。いかがでしょうか」

「それは、ちょっと……」と潤子さんが頰に手を当てた。「あの日のことは、なるべく思い出させたくないんです」

「そうですか……」

残念だが、彼女の言い分は母親として当然のものだ。発見された時、悟志さんはすでに息がなかったと聞いている。健斗くんの受けたショックは相当なものだっただろう。

とはいえ、情報収集は必要だ。どうしたものかと悩んでいると、階段を下りてくる足音が聞こえ、リビングの入口に、先ほど海岸で見かけた少年が姿を見せた。やはり、彼が健斗くんだったのだ。

健斗くんは僕の方を一瞥《いちべつ》して、「ご飯の準備、手伝おか」と台所に視線を向けた。まな板の上には、切りかけの大根が載っている。

「まだええよ。今、お客さんが来てて……」

「いえ、もうそろそろお暇《いとま》いたします。すみませんでした、ご夕飯時に伺ってしまって。もし、何か思い出されたことがありましたら、先ほどお渡しした名刺の電話番号にご連絡いただけると助かります。しばらくはこちらに滞在していますので」

立ち上がり、リビングを出る直前、ふと僕は視線を感じた。

振り返ると、冷蔵庫の前に立っていた健斗くんと目が合った。

「さっきはごめんね、驚かせて」

僕はそう言って軽く頭を下げた。健斗くんは「……別に」と呟き、僕を視界から追い出すかのように、冷蔵庫を開けて中を覗き込んだ。

5

調査二日目の朝、僕は午前七時過ぎに目を覚ました。

布団を抜け出し、うーんと大きく伸びをする。カーテンを開けると、朝日を受けた海が目に眩しい。旅先の朝、という感じがする景色だった。

昨夜は波の音を聞きながら眠りについた。こんなに海に近い場所で寝るのは初めてだったが、まったく快適に朝までぐっすりだった。

温泉旅館なら朝風呂でも、となるところだが、残念ながらうしお荘には温泉はない。部屋のシャワーを浴びるほど汗を掻いているわけでもなかったので、軽く髪を整え、浴衣のまま一階の食堂に向かった。

さすがに海が近いだけあり、朝食は焼き魚だった。カマスという魚の干物だという。口先が妙に尖《とが》っていて、若干見た目が不気味だなと思って食べたら、これが実に美味で驚いてしまった。白身魚で淡白なのだが、何とも言えない旨味がある。おかげで朝からご飯を三杯も食べてしまった。

食事を終え、ふう、と一息ついてお茶をすする。なんだか、調査というより普通に旅行にやってきた気分だった。

ここに久理子さんがいたら最高なのになあ……と一人妄想に浸っていると、「すみませーん」と宿のご主人に呼ばれた。「小さなお客さんが来てますよー」

小さな？　誰だろうと首をかしげつつ玄関ロビーに向かうと、木製のベンチに乃木健斗くんが座っていた。膝の上にランドセルを載せている。

「あれ、どうしたの」

「昨日、町に泊まってるって聞いて、会いに来ました。泊まるところはここしかないから」

「ああ、そうなんだ。わざわざありがとう」

意外な来客だが、もちろん大歓迎だ。他に宿泊客もいないようだったので、ここで話をしても構わないだろう。そのまま僕もベンチに腰を下ろした。

「お母さんから、何か聞いたのかい？」

「はい。お父さんの事故のことを調べてるって」

「うん、そうなんだよ。保険の会社に頼まれてね」

「どうして調べる必要があるんですか」

「間違いがあるといけないからね」と僕は健斗くんの目を見ながら答えた。

「探偵みたいなものですか」

「うーん、まあ、そうかな」彼が想像したであろう、コナン君的名探偵と比べるとかなり地味だが、分野は似ていると思う。「あの日のことを、話してもらってもいいかな」

唇をぎゅっと結んで、健斗くんは「……はい」と頷いた。

「その日は、海辺で一人で釣りをしてたんだってね」

「そうです。すごくいっぱい釣れるところがあって」

「それはどの辺なのかな？　事故のあった崖の近く？」

「ウチからまっすぐ坂を下りていったところから、南に百メートルくらいです」

頭の中で簡単な地図を思い描いてみる。乃木家から続く坂道と海沿いの道との交点から、事故現場までは二百メートルほど。健斗くんはちょうどその中間辺りにいたようだ。

「なるほど。で、釣りの途中に助けを求める声を聞いたんだね」

「はい。『助けてくれーっ』って、かなり大きな声でした」

「その前はどうかな？　変な音を聞いたりはしなかった？」

「特にはないです。あ、でも、浜で男の人を見かけました。サングラスを掛けてて、マスクをしてました。たぶん、お父さんより年上だと思います」

「それは何時くらいかな？」

「昼ご飯のあとです。家を出る時に見かけました。あと、昨日の昼間も。それで、事故の日にも見たことを思い出したんです」

「昨日も？　ひと月以上も間が空いてるのに？　じゃあ、この町の人じゃないかな」

「違うと思います。そんな格好をしている人は知りません」

「そっか。ちなみにそのことは、警察の人にはまだ伝えてないのかな？」

「……はい。なんか、担当の人が怖いんです。あと、言っても聞いてくれない気がして」

岡見さんのことを言っているらしい。確かに彼はこわもてだし、事件を忘れようとしていた節がある。新情報を伝えても、「今更そんなことを言われてもなあ」という反応が返ってきそうな気がする。警察の中では、悟志さんの死はすでに事故として処理されているのだ。

「分かった。じゃあ、僕の方で調べてみるよ。教えてくれてありがとう」

健斗くんが目撃したという、サングラスにマスクの怪しい男――ミスターX。ひょっとしたら、この人物の存在がタレコミのきっかけとなったのかもしれない。

通報者は、ミスターXと悟志さんが、事故の日に一緒にいるところを見かけた。そのことから、潤子さんとミスターXが結託して悟志さんを殺害したと直感し、保険会社に通報した。そして、警察に出頭せよと促すために、しきりに無言電話で圧力を掛け始めた。そういう風に推理することもできる。

ただ、この説には違和感がある。なぜ通報者は直接警察に連絡をしなかったのか、という謎が残るからだ。犯人が逮捕されるのは忍びないが、保険金が払われるのは気に食わないということなのだろうか。うーむ、どうもしっくりこない。

まあ、今日はまだ調査二日目で、時間はたっぷりある。まずは、ミスターXに関する情報集めが先決だろう。

僕は健斗くんにお礼を言い、このまま小学校に行くという彼を玄関先で見送った。健斗くんはすっきりした表情で、「頑張ってください」と手を振って走っていった。

午前中から夕方まで、僕は町のあちこちで聞き込みを行った。人が少ないので歩き回っている時間の方が長かったが、収穫はあった。現場近くの砂浜で犬を散歩させていた老人が、サングラスにマスク姿の不審な男を目にしていたのだ。日時は昨日の夕方で、男はきょろきょろと辺りを見回しながら、海辺の道に停めてあった車に乗り込んだのだという。面相は明らかに、健斗くんの証言と合致している。間違いなく同一人物と見ていいだろう。

ひとまずの成果に手ごたえを感じつつ、僕はうしお荘に戻った。

入浴と食事を済ませ、僕は布団に寝転んで事件に関する資料を読み直していた。けだるい疲労感に包まれながらうとうとしていると、部屋の電話がピロピロと鳴りだした。僕は眠気を振り払って電話に出た。

「江崎さんにお客さんですよ。警察の岡見さん」宿のご主人は妙に甲高《かんだか》い声でそう言い、「お上には逆らわない方がいいですよー、なんちゃって」と余計なダジャレを付け加えて電話を切った。

時刻は午後九時を回ったところだ。こんな時間に何の用だろうと首をひねりつつ、僕は玄関ロビーに向かった。

岡見さんは、艶光りする太い木の柱にもたれて立っていた。こちらに気づき、「や、すんまへんな、お疲れのところを」と彼は軽く手を上げた。

「いえ、大丈夫です。どうされたんですか?」

「実は、不審者情報が寄せられまして」

ミスターXのことかと思ったが、「スーツ姿の若い男が、悟志の事件について調べ回っていたそうですよ」と岡見さんは真顔で言った。

「……それ、僕のことですよね」苦笑するしかない。「ひょっとして、調査から手を引けとおっしゃるんですか？」

「はい？　いや、そんなつもりは全然。どうしてそう思われたんです？」

「警察のメンツを守るため、ですかね。調査で結論がひっくり返るのを恐れているんじゃありませんか？」

軽く挑発してみると、岡見さんは「はは、おもろいことをおっしゃる」と口を開けて笑った。「言うたでしょう、あれは事故やって。ひっくり返るも返らないもありませんわ」

「では、調査を続けても構いませんね？」

「ええ、もちろん。どうぞご自由に」と頷き、「ところで」と岡見さんは柱から背中を離した。「今朝、健斗がここに来たそうですね」

「ええ。でも、どうしてそのことを？」

「さっき、ここのオーナーが教えてくれました。『東京からの客がそんなに珍しいかねえ』なんて言うてね」

フロントの方にちらりと目をやると、禿頭《とくとう》のご主人が、興味深そうにこちらを見ていた。やれやれ、この町ではどうやら僕のプライバシーはあってないようなものらしい。

「で、何の話やったんです？」

「溺れた悟志さんを発見した状況を話しに来てくれたんですよ。お母さんに心配を掛けないように、わざわざ朝の通学時に」

「ほう、偉いもんですな」と岡見さんががっしりした顎を撫でる。「あの子は非常に聡《さと》いですからな。人の気持ちを想像することができる。……で、何か参考になるような情報はありましたか」

「いえ、あまり。保険会社が作成した資料に書いてあることを確認しただけです」

僕はミスターXの目撃情報を伏せることにした。言っても「ふーん、そうでっか」で済まされるだけだろう。

「進捗ナシ、っちゅう感じですか。ま、気の済むまでここにおってもろて構いません。豪勢な食事でもして、町の経済の発展に寄与したってください」

そう言って立ち去りかけたが、岡見さんはスリッパから靴に履き替えたところで振り返った。

「ああ、そうそう。参考までに教えてほしいんですが、事故やのうて殺人やったら、保険金は下りへんのですか」

「利害関係者によって危害を加えた場合は免責になりますが、無関係な他者が犯人である場合は全額支払われます」

「へえ、それはそれは。なら、万が一があっても大丈夫ですな」

「大丈夫というのはどういう意味ですか？」

「母子家庭になりますからな、あの家は。金がたくさんあるに越したことはないでしょう。潤子さんは堅実な人やし、急に金遣いが荒くなったりはせえへんと思いますわ」

「そうですか」

彼女が殺人を計画したのかもしれませんよ――一瞬、その言葉が頭をよぎったが、口に出すようなことはしなかった。

「ほな、私はこれで。お邪魔しました」

背中を向けて大きく手を振り、岡見さんはのっしのっしと帰っていった。

6

調査三日目。翌日も朝からよく晴れた。

朝食を終えて部屋に戻ってみると、スマートフォンに久理子さんからメールが届いていた。昨日の昼間に、近況報告を兼ねて送ったメールへの返信だった。

〈カマスの干物、私も食べてみたい。実験は順調。研究室旅行が楽しみ〉

久理子さんの文面はいつだって簡潔だ。しかし、僕は返信メールを受け取るだけで、この上ない幸福感に包まれる。忙しい最中に僕のことを思い出し、手を止めて文章を考え、メールを送ってくれた。存在を思い出してもらえただけで大満足なのだ。睡眠では取りきれなかった、残りかすのような疲労感はあっという間に霧消した。

僕は元気はつらつで、昨日に引き続き、ミスターXについての情報収集をスタートさせた。

秋だというのに日差しは強い。空気はさらりとしていてさほど暑さは感じないが、この二日ほどでかなり日に焼けた。日焼け止めを塗らずに外をうろついていたことを若干後悔したが、これは仕事をしたという勲章《くんしょう》である。このまま浅黒くなり、堂々と東京の事務所に戻るのも悪くない。そんな風にポジティブに捉えながら調査を続ける。

午後四時過ぎ。僕は海沿いの道にあるコンビニエンスストアに入った。飲み物を買うついでに店員に聞き込みをしていると、パトカーの不穏なサイレン音が近づいてきた。

慌てて外に出てみると、パトカーが目の前を通り過ぎていった。走っていくのは、乃木家の方向だ。

不吉な予感に引っ張られるように僕は駆け出した。ここから乃木家までは歩いて十分もかからない。

右手に海を見ながら走り、緩い坂道に入る。付近の住人たちが玄関や窓から顔を覗かせている。この先で何かが起きたのだ。僕は走る速度を上げ、息を切らせながら坂を上りきった。

先ほどのパトカーは、予想通り、乃木家の前に停まっていた。制服姿の警察官が、潤子さんや近隣住人と話をしている。家の玄関の側には健斗くんと蒼汰くんの姿もあった。大泣きしている蒼汰くんを、健斗くんが懸命に慰めていた。

「どうされましたか」

「はい。不審者による暴行未遂事件が発生した模様でして……」

若い警察官が、泣いている蒼汰くんに目を向けた。つられて、僕もそちらを見る。健斗くんは僕たちの視線を受け止めるように蒼汰くんの前に立ち、「知らないおじさんが、蒼汰を突き飛ばしたんです」と言った。

二人で家の周りで遊んでいたら、勝手口の辺りをうろつく、サングラスにマスク姿の男を見かけた。不審に思ったので、「何か御用ですか」と男に声を掛けた。すると男は蒼汰くんを押しのけて、慌てて逃げていった——と、事件の状況はこんな感じだったようだ。泣いている蒼汰くんの声を聞いて近隣住人が駆けつけ、警察に連絡をしたそうだ。

僕は事件の様子をメモに書きつけながら、警察官が幼い兄弟に根気強く質問する様子を眺めていた。

ふと視線を向けると、潤子さんは眉間《みけん》にしわを寄せ、ひどい痛みに耐えるような表情で蒼汰くんを見ている。

「心配ですね、こんなことになって。例の無言電話の犯人でしょうか」

声を掛けても反応がない。僕は彼女の方に近づき、「あの、大丈夫ですか」ともう一度話し掛けた。

「え、あ、ああ、はい。大丈夫です。すみません」

どぎまぎとそう答え、潤子さんは逃げるように目を逸《そ》らした。不審者が現れて神経質になっているとはいえ、彼女の態度は少し変だ。

ひょっとしたら、犯人に心当たりがあるのではないか——。

人の死が絡む事件に関わってきた中で培われた僕の直感が、そう告げていた。

それから二時間後。辺りが薄闇に包まれる頃、僕は再び、乃木家を訪ねた。

すでにパトカーは去り、家の周りには静けさが戻ってきていた。チャイムを鳴らし、名前を告げると、憔悴《しょうすい》した様子の潤子さんが応対に出てきた。

「どうも、さっきは大変でしたね。蒼汰くんの怪我《けが》の具合はいかがですか」

「いえ、その、大したことはありません。倒れた拍子に手を擦《す》りむいただけですので……あの、何か御用でしょうか」

「ええ、少しお聞きしたいことがありまして。今、大丈夫でしょうか」

「これから夕食ですので……」背後を気にしながら潤子さんが言う。「手短にお願いできますか」

「分かりました。ではさっそく」ドアを閉めて中に入り、僕はカバンからボイスレコーダーを取り出した。「大日本生命の和歌山支店にかかってきた、ある電話の声を録音したものです。再生します」

　ボタンを押すと、わずかな沈黙のあと、「――乃木悟志の件は、保険金目当ての殺人だ」と低い声が告げた。

　声を耳にした瞬間、潤子さんの表情が大きく揺らいだ。目を見開き、僕の手の中のボイスレコーダーを凝視している。

「正直に申し上げますと、私はこの電話を受けて、N町に調査に来ました。乃木さん。今の声の主に、心当たりはありませんか？」

「え……いえ、私は……」

　ウェーブの掛かった黒髪を指で梳《す》きながら、潤子さんが視線を逸らす。

「――それ、前のお父さんのです」

背後から聞こえた声に、潤子さんは慌てて振り返った。薄暗い廊下に、健斗くんが立っていた。

「健斗……なに言うてんのよ」

「僕、ちゃんと声を覚えとるで。気のせいなんかちゃう。たぶん、そうやないかなって、前から思てた。嫌がらせをしてたんは、やっぱりあの人やったんや」

潤子さんはきつく目を閉じ、無言で首を振った。

「そんなこと言うたらあかん」

「大丈夫やで」健斗くんは潤子さんに近づき、彼女の手を握り締めた。「これからは、危ないことが起きへんように、僕がお母さんを守るからな」

潤子さんは床に膝を突くと、健斗くんの手の甲に額を当てて、「……ありがとうな」と呟いた。

「……何があったか、話していただけますか」と僕は潤子さんに声を掛けた。「多少はお力になれると思います。お食事のあとにまた来ますので」

分かりました、と答えた潤子さんの目には、決意の光が宿っていた。

「──あの人から電話があったのは、夫が亡くなった一週間後のことでした」

潤子さんはそう切り出した。夕食が終わり、僕と彼女の二人きりになったリビングは静まり返っていた。二階にいる健斗くんと蒼汰くんの声は聞こえない。

「金を貸してほしい、とあの人は言いました。いつだって、あの人は借金で苦しんでいるんです。今までもそういう電話はあったのに、私、夫の葬儀で疲れてて、思わず口を滑らせてしまったんです。今はドタバタしてるからそれどころじゃないって……失敗でした。それでウチの状況に興味を持って、あの人はあれこれ調べたんだと思います。そして、今回のことで保険金が出ることを嗅ぎ付けたんでしょう」

前夫の名は和田《わだ》というそうだ。女癖が悪く、浮気が離婚の原因だったとのことだった。古い写真を見せてもらったが、目の細い、印象の薄い顔つきをしていた。

「それからしばらくして、あの人はウチを訪ねてきました。前置きなしに、『やり直さないか』と言われましたが、私はすぐに断りました。金目当てなのは見え見えでしたから。……無言電話が始まったのはそのあとでした。九月の半ばくらいでしょうか」

例のタレコミがあったのも同じ時期だ。和田は再婚の申し出を拒絶されたことに腹を立て、嫌がらせを始めたのだろう。

「……警察に相談しようかとも思いましたが、証拠はありませんし、無言電話くらいで済むなら、それでいいかと思いました。相手を怒らせて、暴力的な手段に出られるのが一番嫌でしたから……」

「しかし、和田はこの町に何度も足を運んでいるようです。今日、ご自宅の周りをうろついていたのも和田でしょう。もしかすると、ご家族に危害を加えるつもりなのかもしれません。幸い、蒼汰くんの怪我は軽いものでしたが、次はどうなるか分かりませんよ」

「……そうですね」と呟き、潤子さんは大きなため息を漏らした。「私の見通しが甘かったのかもしれません。ごめんなさい」

「謝る必要はありません。熟慮した結果ですから、仕方ないですよ」

「……どうして、こうなるんでしょう」と潤子さんは伏し目がちにこぼした。「私はただ、静かに暮らしていたいだけなのに」

余計なお世話かもしれない。それでも、僕はあえて提案することを選んだ。

「やはり、先ほど見せていただいた写真を、警察に提出すべきだと思います。そして、和田の身柄を確保するように頼むんです」

「でも、そんなことをしたら向こうが……」

「逆恨みが怖いのであれば、思い切って引っ越ししてしまうというのも選択肢に入れていいかもしれません。悟志さんの保険金が入れば、少なくとも何年かは、生活に困ることはないでしょう」

口に出してしまってから、今のはまずいよなと思った。確証が取れたわけでもないのに、保険金が出るようなことを匂わせるべきではない。調査員として言ってはならないことを、我慢できずに口走ってしまった。

しかし、不思議と後悔はなかった。潤子さんの庇護《ひご》欲をそそるような儚《はかな》い雰囲気がそうさせるのか、あるいは健斗くんと話したことで情が移ってしまったのか。いずれにせよ、僕は「保険金は全額支払われるべきだ」と感じているようだ。

そんな風に自己分析しながら、僕は潤子さんの返答を辛抱強く待ち続けた。

7

調査四日目。木曜日。この日は朝から雨模様だった。僕はうしお荘の自室に籠《こも》り、調査の報告書の下書きを進めながら、動きがあるのを待った。

岡見さんから僕のところに連絡があったのは、午後になってからだった。

「和田の野郎が捕まりましたわ」開口一番、彼は冷静にそう言った。「懲《こ》りずに乃木さんの家の近くをうろついてました」

「そうですか。今日もサングラスにマスク姿でしたか?」

「いや、開き直ったんか、それとも特徴を消そうとしたんか、帽子だけでしたな。でもまあ、こっちには、潤子さんに提出してもろた写真がありますから。職質掛けたら、素直に認めましたわ」

「蒼汰くんへの暴行容疑で逮捕したんですか」

「いや、任意同行です。潤子さんは告訴する気はないそうですし、この件はここで終わりでしょう。それでも、威嚇《いかく》としては充分ちゃいますか。ストーカーの疑いもあるようですし、『次はブタ箱に放り込むぞ！』と脅しておきましたから。顔も知れ渡ったし、もうこの町を歩くのもしんどいでしょう。あの和田っちゅう男、ろくに働かずに、女のところを転々としとるようです。頼りにしてた女に捨てられて、それで前の女房を頼ろうとしたみたいですな。まあ、絵に描いたようなクズですわ。せいぜい頑張ってもろて、次の女を探してもらいましょう」

「ひとまず一件落着、ということでよさそうですね」

「そうですな。そちらさんも、調査はもう終わりですか？」

「ええ。そうなりそうです。……あ、そうだ。ひとつ確認してもらっていいですか。悟志さんが亡くなった日にどうしていたか、和田に聞いてもらえませんか」

「了解です。まだ署におるんですぐに聞きますわ」

いったん通話を終わらせ、スマートフォンを持ったまま待つこと五分少々。岡見さんから再び着信があった。

「確認取れました。和田のやつ、その日は大阪の雀荘《じゃんそう》におったらしいです。天王寺の辺りですな」

念のために店の名前を教えてもらう。「どうも、お手数おかけしました」と僕は礼を言った。

「いえいえ、このくらいは。そんなら、私はこれで。お疲れさんでした」

スマートフォンを机の上に置き、僕は畳に横になった。

何もかもすっきり解決した……と言いたいところだが、僕はわずかな引っ掛かりを覚えていた。

保険会社へのタレコミは、和田による嫌がらせだった。乃木家の周りで最近目撃された不審な男も和田だ。ここまでは問題ない。だが、健斗くんが事件当日に見たという、ミスターXの正体は不明なままだ。

事件とは無関係の町民なのだろうか。それとも……。

茶色く変色した天井を見上げながら考えを巡らせるが、違和感はなかなか消えてはくれなかった。僕は勢いをつけて立ち上がり、スーツに着替えて部屋を出た。気になることは自分で調べるしかない。

調査五日目、金曜日。予定では最終日となるこの日、僕はN町での聞き込みを再開した。

昨日、天王寺の雀荘に足を運んで従業員や常連客に話を聞いたところ、悟志さんが溺死した八月三十日、和田は午後はずっと店にいたという証言が得られた。和田は役満を二度も上がったそうで、そのことを覚えていた人が何人もいた。天王寺からN町までは、どれだけ急いでも二時間以上は掛かる。アリバイは完璧と言っていいだろう。つまり、健斗くんが事故当日に目撃したミスターXは、和田ではありえない。では、あれは一体誰だったのか？　それをはっきりさせない限り、この町を離れられない。僕はそんな気持ちで、今まで以上に丁寧に話を聞いて回った。

朝から午後三時まで行動し、僕は休憩のためにうしお荘に戻ってきた。

ここでの滞在もずいぶんと長くなった。目新しい情報がなかなか出てこない中、運送会社の若いドライバーから、事件の直前に、乃木家近くで男性を見たという証言が得られた。年齢はおそらく五十代。サングラスやマスクはつけていなかったが、周囲を窺うようにしながら、路上駐車していた車に乗り込んだのだという。そのドライバーはN町の担当になってから日が浅いため、名前までは分からないそうだ。

怪しいのは怪しいが、ミスターXの特徴とは一致しない。参考情報の一つに留め、調査を続行することにした。

滞在をいつまで延ばすかどうか自室で悩んでいると、フロントから電話がかかってきた。「江崎さん、またまたお客さんです。モテモテですなあ」などと、電話の向こうのご主人は嬉しそうに言っている。

岡見さんが情報を持ってきてくれたのだろうかと期待しながら玄関ロビーに向かう。するると、階段の下のところでご主人が待ち構えていた。

「あの方は、お宅さんのコレですか？　えらいべっぴんさんですなあ」

小指を立て、禿《は》げ上がった頭を光らせながら、彼はそんなことを言う。何の話だ？と玄関の方に視線を向け、「はぇ？」と僕は間抜けな声を上げてしまった。

木のベンチに、ショートカットの美しい女性が掛けていた。どこからどう見ても、それは僕の愛する久理子さんだったが、彼女がこんなところにいるはずがない。ひょっとしたら、双子の姉か妹が関西に住んでいて、僕にわざわざ会いに来たのだろうか。

僕は夢の世界に迷い込んだような心持ちで、ゆっくりと彼女に近づいた。

「あのー、私にご用でしょうか……」

「あ、江崎くん。元気そうでよかった。さすがに日に焼けたね」

そう言って彼女が僕の肩を叩く。やっぱり久理子さんにしか見えない。ここに至って、僕はようやく、目の前にいる女性が久理子さん本人である可能性を疑い始めた。

「ええっと……ひょっとして……久理子さん？」

「ひょっともなにも、友永だけど」と彼女が笑う。「なにそれ？　シュールなジョークかなにか？」

「いや、だって、どうして久理子さんがここにいるんですか」

「江崎くん、メールでN町にいるって書いてたじゃない。泊まるところは一カ所だけみたいだし、訪ねるとしたらここしかないでしょ?」

「いえ、そういう意味じゃなくて、N町に足を運んだ理由を聞かせてもらえませんか」

うーん、と顎先に指を当てて思案し、「一言で言えばサプライズだね」と久理子さんは答えた。「江崎くんを驚かせようと思って」

「え、ホントですか！　じゃあ、そのためだけにわざわざ和歌山まで……」

感動のあまり、目尻に涙が浮かぶ。ああ、久理子さん。背中に羽が生えて飛んでいきそうです。悦に入りかけたところで、「ああ、いや、勘違いさせてごめん。そのためっていうか、ついでなの」と久理子さんが言った。

「は?　ついでと申しますと……」

「研究室旅行の行先がね、急に変更になったんだ。江崎くんが和歌山に行ってるって話をしたら、アドベンチャーワールドのパンダを見たいって学生が言い始めて、それで盛り上がってさ。長野にある教授の別荘に泊まるのをやめて、こっちにしたの」

「はあ、そうでしたか……」

アドベンチャーワールドまでは、ここから電車で三十分ほど。その程度の距離なら、確かに「ついで」と言うべきだろう。

実験が早く終わったので、久理子さんたちは予定を前倒しにして今日からこちらに来ているという。夜の飲み会には参加義務があるが、日中は自由に行動していいらしい。ならばと僕は気を取り直し、「じゃあ、せっかくなのでこの辺を一緒に歩きませんか」と提案した。ついでだろうが何だろうが、久理子さんは僕に会いに来てくれたのだ。

「うん、いいよ。美味《おい》しい干物を売ってる店を探そう」

理想的な形とは言い難いが、一応は二人きりの旅行と言っていいだろう。僕はうきうきしながら宿を出て、海沿いの道を久理子さんと歩き出した。

「潮風が気持ちいいね」

風に身を任せ、久理子さんは額を露《あら》わにしながら目を細める。

もっと海の近くに行ってみようか、と彼女が言ったので、コンクリートの階段で砂浜に下りた。むぎゅ、むぎゅと砂を踏む感覚が心地いい。裸足《はだし》になって駆け回りたい気分だったが、あとのことを考えて自重した。

「そういえば、調査の方はどうなってるの？」

「ほぼ終わったという感じですね」と言って、僕はこれまでのことを簡単に説明した。

「――とまあ、目撃情報のあった謎の男性のこと以外は、おおむね解決したかなと」

「ふうん。嫌がらせの電話のせいで振り回されちゃったわけか」

「お金が絡むといろんなことが起こりますね」

そんな話をしながら、のんびり砂浜を歩いていく。

と、そこで久理子さんが「あそこに子供がいるね」と足を止めた。彼女が指差す先、波打ち際に少年がしゃがみ込んでいる。乃木蒼汰くんだ。

近づいていくと、彼もこちらに気づき、「あ、この間のおじさんや」と立ち上がった。

「おじさん……かあ。まあ、しょうがないか」と僕は苦笑した。不審者扱いされないだけでよしとしよう。

「何してたの？」と久理子さんが屈《かが》んで尋ねる。見ると、蒼汰くんは濃い緑の葉の付いた枝を持っていた。

「これ、山に生えてるみかんの木やねん。道端に落ちてたのを拾てきた。これをな、海に入れてふりふりしてたらな、『孔雀《くじゃく》さん』が釣れることがあるんやで。夏休みに、お兄ちゃんに教えてもろた」

「孔雀……って鳥の？」

「うん。動物園におるやつ」

「どういうことかな？　孔雀は海にはいないよね？」

するとと蒼汰くんはにこっと笑って、「おるよ！」と勝ち誇ったように言った。

この子は何を言っているのだろう？　二人のやり取りを見守りながら、僕は首をかしげた。ごっこ遊びで海を草原にでも見立てているのだろうか。

しかし、久理子さんに呆《あき》れた様子はない。むしろ楽しそうに目を輝かせている。

「面白いね。ねえ、もっと教えてくれる？　その孔雀のこと」

「えー、どうしよっかなあ」

蒼汰くんは嬉しそうにもじもじしていたが、「お姉さんになら、教えたってもええかなあ」と久理子さんをちらちら見ながら言った。

「うん、教えて教えて」

「このおじさんには内緒な」

「いいよ。私と君だけの秘密にしよ」

じゃあ、と言って、蒼汰くんが久理子さんの耳元に口を近づける。

その時、「何してんねん！」と背後で叫ぶ声が聞こえた。振り返ると、健斗くんがこちらに駆け寄って来るところだった。

健斗くんは僕と久理子さんを見比べてから、蒼汰くんの腕をぐいっと摑んだ。

「それで遊ぶの、もうやめろって言うたやろ」

「えー、でも……」

「ええから、二度とすんな。帰るで」

有無を言わさずといった強引さで、健斗くんは蒼汰くんを引っ張るように去って行ってしまった。

「……今の子は、お兄ちゃん？」

「そうです。今回の事件で亡くなった方の息子さんたちです」

「遺体の第一発見者の子だね」と言って、久理子さんは砂浜に残された枝を拾い上げた。

「結局、孔雀って何のことだったんですか？」

「残念ながら、邪魔が入ったせいで教えてもらえなかったよ」

久理子さんは握った枝をじっと観察している。その目は意外なほどに真剣だ。何度か見たことのある表情。研究者として興味を惹かれた時の顔だった。

久理子さんは、枝に付いた葉を指でこすっては鼻を近づけ、という仕草を何度も繰り返してから、「匂いがきついね、このみかん」と呟いた。

「まあ、山に生えている木の匂いが、この辺りまで香ってくるわけですから……」

「匂い物質がさかんに放出されているってことだね」久理子さんは腕時計で時間を確認すると、「四時か……ぎりぎり飲み会に間に合うかな」と言い、こちらを向いた。

「どうされましたか」

「江崎くん。ちょっと行きたいところがあるから、今日はこれで帰るね」

「え、干物のお店は……」

「まだこっちにいるから大丈夫。じゃあね」

久理子さんはそう言うと、みかんの枝を持ったまま走り去ってしまった。

あまりの急展開に頭がついていかない。僕には、砂に残された彼女の足跡を目で追うことしかできなかった。

8

翌土曜日。僕は北へと向かう電車に乗っていた。車窓から望める海は藍《あい》色に近い青で、風にあおられて激しく波立っていた。

僕はスマートフォンを取り出し、今朝早くに、久理子さんから届いたメールを開いた。

〈午前九時、白浜駅の改札で会おう。孔雀の正体が分かるかも〉

やっぱり簡潔だ。しかし、肝心なことは何も書かれていない。駅で合流して、それからどうするつもりなのか。ほとんど暗号だ。

あれこれと頭をひねっているうちに、白浜駅に到着していた。改札を抜けたところで、マリンブルーのパーカーにジーンズ姿の久理子さんが待っていた。

「おはようございます」

「うん、おはよう。じゃ、行こうか」

駅を出て、タクシーに乗り込む。「K大の水産研究所までお願いします」と久理子さんが運転手に告げた。

「水産研究所？」

「うん。そこに、私の大学時代の友達がいるんだ。昨日、『孔雀』の正体を調べるように頼んでおいたの。例のみかんの枝を渡してね」

何のことやらさっぱりだが、詳細を教えてもらう間もなく、タクシーは目的地に到着した。

海に面したレンガ調の堅牢《けんろう》そうな建物の前に、白衣を着たポニーテールの女性が立っていた。歳の頃は二十代後半。肌は小麦色に焼けていて、清涼飲料水のCMにでも登場しそうな、すっきりした顔立ちをしている。

「来たね。その人がクリポンの言ってた人？」彼女はハスキーボイスで言って、僕の顔をまじまじと見た。「ふーん。真面目そうでいいじゃない」

「江崎くんっていうの。保険に関する調査会社で働いてる」

久理子さんが僕を彼女に紹介してくれた。どうも、と会釈をして、一応名刺を渡しておく。

「どうも、初めまして。綾部《あやべ》真菜穂《まなほ》です。ここの水産研究所で、研究員をやってます」

挨拶もそこそこに、僕たちは研究所の中に通された。廊下を歩きながら、「それで、昨日渡された、柑橘類の枝のことだけど」と綾部さんが口を開いた。「すごく反応する子が見つかったよ」

「ホント？　さすがマナポン。仕事が早いね」

「運がよかったよ。たぶん、葉や枝に含まれる成分が、フェロモンのような役割を果たすんだと思う」

「新発見？」

「そうだね。少なくとも論文には出てない」

前を行く二人の間でぽんぽんと言葉が交わされる。置いて行かれてなるものかと、

「あの、何の話なんでしょうか」と僕は二人のリケジョの会話に割り込んだ。

「昨日、男の子が海にみかんの枝をつけて遊んでたでしょ？『孔雀を釣るんだ』って。でも、枝には何の仕掛けもついてない。だから、ひょっとしたら植物から出る成分におびき寄せられて、孔雀に似た生き物が寄ってくるんじゃないかと思って」後ろ歩きをしながら説明し、久理子さんはくるりとまた前を向いた。「マナポン。それで、その生物の名前は？」

「今から見せてあげるよ。この先に水槽があるんだ。名前はね……」

綾部さんがその生物の名を口にする。同時に、久理子さんがぴたりと足を止めた。

どうしたの、と綾部さんに訊かれても、彼女は動こうとしない。うつむいたまま黙

って立ち尽くしている。

「……？　先に行ってるね」

綾部さんが首をかしげながら去っていく。僕は久理子さんから少し離れたところに立ち、彼女が再び口を開くのを待った。

五分ほど経《た》った時だった。ゆっくりと、何かを確かめるように久理子さんが僕の方を振り返った。彼女はこれまでに見たことのない、沈痛な面持ちを浮かべていた。

「大丈夫ですか、久理子さん」

「……参ったなあ。単なる好奇心で調べただけだったのに、こんなことになるなんて」

「……まさか、その生物が溺死事故に関わっていると？」

「そう感じたの。だから、事件について、あれこれ想像してた。誰が何のために殺人トリックを仕掛けたのか、考えてた」

「答えは見つかりましたか？」

「うん。トレース完了……したけど」

久理子さんが廊下の先に目を向ける。窓から差し込む光が、廊下に白い矩形《くけい》を作り出していた。

僕は久理子さんに近づき、「聞かせてください」と声を掛けた。「久理子さんが悩んでいることを、僕も受け止めたいんです」

「江崎くん……」

「二人で支えれば、重い荷物も多少は軽くなりますよ」

久理子さんは僕の肩に額をそっと押し当て、「そうだね。ありがとう」と囁《ささや》いた。

9

江崎誠彦《まさひこ》から携帯電話に着信があった時、岡見は奇遇にも、乃木悟志が命を落とした現場に来ていた。

「お話ししたいことがあります。うしお荘でお待ちしています」

江崎の声には硬さがあった。警察官としての勘が、「警戒せよ」と告げていた。岡見は何でもない風を装って、「すぐに行きますわ」と答えた。

腕時計に目を落とすと、午前十時になっていた。ここで一時間近くぼんやりしていたのか、と驚いた。持ってきた花束を岩陰に置くと、「……ほな、またな」と誰もいない海に向かって声を掛け、岡見はその場を離れた。

海沿いの道に停めた車に戻り、Uターンして走り出す。あの調査員は何かを摑んだのだろうか。

さまざまな可能性を想定しながら車を走らせるうちに、うしお荘に到着していた。

駐車場に車を停めて玄関ロビーに向かうと、江崎は一人、木のベンチに掛けていた。

「すみません、急に呼び出してしまって」

「いや、構いません。今日は非番ですんで。そちらこそ、日曜日やのに大変ですな。こっちにはいつまでおられるんですか」

「今日帰るつもりでしたが、もう一日延ばします」

「ああ、そうですか。ご苦労さんです。ほんで、何のお話でしょうか」

「乃木悟志さんが亡くなった日のことについて、です」

「まあ、話すとしたらそれしかないですわな」

鷹揚《おうよう》に頷いてみせながら、岡見は密かに警戒を強めた。

「まずは事実からお伝えします。あの日、悟志さんが海で溺れる直前の時間帯に、乃木家の近くで岡見さんを目撃したという人がいました。写真を見て確認してもらったので、間違いないと思います」

「どこでそんな写真を?」と尋ねると、地元の祭りで撮影された写真を、うしお荘の主人から借りたのだという。言い逃れはできそうになかった。

「ま、ごまかしてもしゃあないですから認めますわ。確かに私は乃木さんのところに行きました。でも、それは事件には関係ないことです」

「そうでしょうか。間接的な影響はあったんじゃないですか」

「……何をおっしゃりたいんです？　まどろっこしいことはやめましょうや」

「単刀直入に言います。僕は悟志さんの死が、殺人だった可能性を考えています」

江崎は岡見の目を見ながら言った。動揺はしなかった。やはり、という思いの方が強かった。

「聞き捨てならん説ですな。ご説明いただけますか」

「……殺人の可能性を疑い始めたきっかけは、N町で栽培されている柑橘の枝に、ある生物を引き寄せる効果があることを知ったからです」

「ほう」と岡見は相槌《あいづち》を打った。初めて聞く話だった。「なんという生きもんですか」

「ヒョウモンダコという、小さなタコです。本来は日本より南方に棲息《せいそく》している生物なのですが、海水温の上昇の影響か、近年は日本近海での目撃情報が増えているそうです」

「知っとります。毒のあるタコですな」と岡見は頷いた。なるほど、と思った。悟志の死が殺人であることは薄々気づいていたが、その手段が分からなかった。みかんでタコをおびき寄せるとは、想定外もいいところだ。

「乃木蒼汰くんは、このタコのことを『孔雀さん』と呼んでいました。実物を見ましたが、青と茶色の紋様《もんよう》があって、形は違いますが、孔雀の羽のようにも見えました」

江崎はため息をついた。「……犯人は偶然、山に生えている柑橘の枝に、ヒョウモンダコを引き寄せる作用があることに気づいた。そして、この特性を使って悟志さんを殺害しようと考えたのだと思われます」

「なるほど。悟志があの崖の下で泳ぐのを知っとる人間なら、やれんことはないでしょうな。山から採ってきた枝を、岩の間に挟んで海に浸しておけばええ。他の人間はまずあそこじゃ泳がんから、標的を間違えることはない」

「そうですね。悟志さんが海に飛び込んだ時の衝撃で驚いたタコは、攻撃を始めます。痛みはあまりないようですが、毒の影響で足が痺《しび》れてうまく泳げなくなり、悟志さんは溺れてしまう……。一種の殺人トラップですね。狙ったタイミングで殺害するのはほぼ不可能ですが、仕掛けてしまえばそのまま放置するだけでいい。あとは、いくつかの偶然が重なるのを待つだけです。……ただ、この方法を使うと、体に刺された痕《あと》が残ってしまいます」

「そいつは問題ですな」と岡見は他人事《ひとごと》のように言った。

「これをごまかそうとすれば、他にも傷をつけるのが手っ取り早い。傷を傷の中に隠すんです。それがやれたのは誰か？　いろいろな可能性はもちろんありますが、悟志さんを海岸に引き上げた健斗くんがやった、と考えるのが自然ではないでしょうか」

「ふむ、そうなりますか……」

「彼は最近になって釣りを始めたと言います。それは、いつ浜辺にいてもおかしくない状況を作り出すためではないでしょうか」

岡見は顎に手を当て、素早く思考を巡らせた。江崎の推理はおそらく正しい。ここで自分はどう対応すべきなのか。知っていることをすべて明かすべきなのか。

結論はすぐには出ない。間を持たせるために、「血の繋がりはないとはいえ、自分の父親ですよ。あの子に殺す理由がありますかね？」と尋ねた。

「……潤子さんを守りたい。その想いが健斗くんの中にはあるようです。彼は僕に、『事故のあった日、サングラスにマスク姿の男を見た』と教えてくれました。風貌は明らかに変装後の和田ですが、彼にはアリバイがあった。だから、逆に考えてみたんです。あの証言は、和田に注意を向けさせるための嘘だったのではないかと」

「……よく分かりませんな。どういう意味ですか？」

「九月半ばから始まった無言電話で、健斗くんは警戒を強めていた。そんな時に、家の周りをうろついている和田を目撃した。顔を隠していましたから、自分の父親だとは分からなかったでしょうが、『こいつが母親を苦しめている犯人だ』と彼は思った。だから、災いを遠ざけるために、僕の興味を引くような情報を流した――というのは、考えすぎでしょうか」

充分ありえる話だと岡見は感じていた。健斗は十歳の子供とは思えないほど行動力がある。警察は頼りにならない、なら、町にやってきた調査会社の人間を使うか。そんな風に考えたとしてもおかしくない。

健斗からの電話を受けた日のことが自然と思い出される。あれは八月の中頃だったか。警察署に電話をかけてきて、健斗はこう言ったのだ。「お母さんを助けたいんです」と……。

「……あの子は確かに母親想いです。しかし、いや、だからこそ、潤子さんを悲しませるような真似《まね》はせえへんでしょう。健斗が悟志を殺すはずがない」

そう返すと、江崎は膝の間で手を組み合わせ、ぽつりと言った。

「……悟志さんがいなくなることが、潤子さんの幸せに繋がるとしたらどうでしょう」

軽いめまいのようなものを岡見は感じた。そこまで気づいているのか……。岡見は額に手を当てながら、「抽象的ですな。ちょっと理解が追い付きませんわ」と言った。

「本当ですか？ 岡見さんは、もうご存じなんじゃありませんか」

「……私が？」

「はい。岡見さんはそのことについて話し合うために、悟志さんが亡くなったあの日、乃木家を訪れたのではありませんか」

岡見は無言で首を横に振った。自分の口からは何も言えない。

江崎は十秒ほどの沈黙を挟んでから、「最初に思い浮かんだのは家庭内暴力《DV》でした」と言った。

ご名答、と岡見は心の中で呟いた。

「町では噂になっていないので、仮にDVがあったとしても、それは密《ひそ》かに行われていたのでしょう。しかし、偶然健斗くんはその瞬間を目撃してしまった。その後、健斗くんはDVについて警察に相談し、岡見さんが対応することになった。そして八月三十日、岡見さんは乃木家を訪れ、悟志さんに暴力を振るわないように伝えた。たぶん、健斗くんはその様子をどこかで見守っていたんでしょう。その時にはすでに、ヒョウモンダコのトラップを仕掛けてあったはずです」

「……それで？」

「……悟志さんはストレス解消のために、あの崖に向かいました。問題は解決しなかったんでしょうね、きっと。岡見さんが帰ったあと、何があったかは分かりません。ひょっとしたら、また潤子さんを殴《なぐ》ったのかもしれない。いずれにしても、健斗くんは父親に失望し、裁きを海に委ねることを決めた。そして、数時間後に現場を訪れ、溺死した悟志さんを見つけた。あとは先ほどお話しした通りです。もちろん、今のところはすべて僕の想像に過ぎませんが……」

健斗に見限られたのだな、と岡見は思った。警察に相談したのにDVは止まらない。なら、自らの手で――そんな発想に至らせたのは、まぎれもなく自分だ。

一回や二回の話し合いで治まるものではない、長期戦のつもりだったんだ……今更、そんな言い訳をしても仕方ない。悟志の命は奪われてしまったのだ。

「……それで」と岡見は絞り出すように言った。「江崎さんはどうされるおつもりですか」

「何もできない、というのが正直なところです。事件からひと月以上経過していますから、証拠はもうどこにも残っていないでしょう。しかも、仮にヒョウモンダコに刺されたせいで溺れたと立証できても、それが殺人であると証明するのはさらに困難です。おそらく、保険金は問題なく支払われると思います」

ベンチから立ち上がり、「ただ」と江崎は表情を曇らせた。「健斗くんのことはとても心配です。罪の意識を抱えたまま生きていくんだと思うと……胸が詰まります」

そういうことか、と合点がいった。責任を取るチャンスを与えるために、江崎は自分を呼び出したのだ。

前々から決めていたことだ。迷いはなかった。岡見は江崎を見上げ、「あの子のことは私に任せてもらえませんか」と言った。「私の目が黒いうちは、道を誤らせるようなことはしません」

「……それを聞いて安心しました」

江崎は控えめな笑みを浮かべた。安堵《あんど》が伝わってくる、優しい笑顔だった。親近感を覚え、岡見はすっと手を差し出した。

「ご苦労さんでした」

「いろいろとありがとうございました。では、よろしくお願いいたします」

江崎は頭を下げ、岡見と握手を交わした。その手は熱く、岡見の手が痛くなるほど力が込められていた。

10

午後六時前に白浜駅に降り立つと、久理子さんが僕を出迎えてくれた。

「江崎くん、お疲れさま。ホテル、ちょっと遠いけど、歩いていこうか」

「いいですよ」と僕は頷き、久理子さんと並んで歩き出した。

駅を出て、土産物店や食事処が固まっているエリアから離れると、途端にひなびた雰囲気になった。道の左右の木々に遮《さえぎ》られ、近いはずの海はまだ見えない。

ひと気はなく、車だけが時々行き交う道を、二人でゆっくり歩く。久理子さんはやや視線を落としながら、無言で足を動かしている。訊きたいことがあるのになかなか言い出せないのだろう。彼女にしては珍しいことだ。

「午前中に、岡見さんと話をしました。うまくいったと思います」と僕は言った。

「本当？」

久理子さんの瞳がこちらを向く。僕はしっかりと頷いてみせた。岡見さんとの話し合いは、短いが濃密な時間だった。健斗くんたちの前に横たわっている課題は難敵だが、あの人なら大丈夫だろうという気がした。

「……正直に言うとね、土曜日からずっと悩んでたんだ。私も一緒に行くべきじゃないかなって」

「いいんですよ、悩まなくて。だって、これは僕の仕事なんですから。今回の案件に伴う諸々《もろもろ》は、全部僕が引き受けますよ」

「健斗くんに会わなくてもいいのかな」

「岡見さんが責任を持って対応してくれるそうです。僕たち部外者が口出しするより、地元の人に任せた方がいいと思います」

「そっか。じゃ、もううじうじ言わないよ」

ヒョウモンダコを使った殺人トリックを思いつき、そこから推理を組み立てたのは久理子さんだ。だが、悟志さんの死に秘められた真実の重さを、彼女に背負わせるわけにはいかなかった。だから、健斗くんのやったことを追及しない、という判断は僕がしたし、僕一人で岡見さんに会うことにした。乃木家で起きていた問題を把握していたであろうあの人なら、きっとなんとかしてくれるはずだという期待感があった。そう。いつもの直感だ。僕の行動指針を決定づけるのは、いつだって理屈じゃなくて感覚なのだ。

「事件の話はもう終わりにしましょう。それより、ありがとうございます。研究室の飲み会に呼んでいただいて」

僕は足を止め、大げさに頭を下げてみせた。

「そんなに感謝しちゃダメだよ。みんな、江崎くんのことに興味津々なだけなんだから」

「久理子さんに時々食事を差し入れるあの男は一体何者なんだろう、って感じですか」

「そうそう。なんかね、下僕だと勘違いしてる学生もいるみたい」

「下僕はひどいな」と僕は苦笑した。「というか、久理子さんは僕のこと、研究室の皆さんにどう言ってるんですか？　知人ですか、友人ですか、それとも……彼氏ですか？」

「……えっと、ごめん、そういう紹介の仕方はしてないや。時々一緒にご飯を食べたり遊びに出かけたりする人、って感じかな。事実をありのままに話してるだけ」

「つまり、受け取る人に判断を委ねるということですね……」

だとすると、下僕と思われても仕方ない。実際、やっていることはそれに近いわけだし。

僕は歩きながら、ちらりと久理子さんの横顔を窺った。彼女は僕のことを、どう捉えているのだろう。研究の次に大事な存在、という風に言ってもらったことはある。果たしてそのポジションは、恋人と呼んでいいものなのだろうか？

いっそのこと、この場ではっきりさせようか——。

そんな考えが一瞬よぎったが、やっぱりやめることにした。焦ったってろくなことはない。研究だってそうだ。成果を求めるあまり、研究成果の捏造《ねつぞう》に手を染める人間もいる。あんな風になりたくはない。僕たちは急がず、じっくり愛を育んでいけばいい。

「あの、久理子さん」

「ん？　何？」

「今度、二人で旅行に行きませんか。日帰りで構わないので、ちょっと遠くに」

「うん、そうだね。楽しそう」

笑顔で頷き、「あ、でも……」と久理子さんは唇に手を当てた。

彼女が次の言葉を口にする前に、「分かってますよ」と僕は言った。「実験のスケジュールが最優先、ですよね」

久理子さんは「まあ、そうだね」と頬を指先で掻いた。「ごめんね、いつも気を遣ってもらって」

「いいんです。僕は研究に打ち込む久理子さんが大好きなんですから」

「……うん。ありがとう」

久理子さんが目を逸らし、小さく頷いた。彼女の耳が赤くなっているような気がしたが、それはひょっとしたら、夕日の色が見せた錯覚だったのかもしれない。

Research 04　家族の形

1

玄関のドアを開けた瞬間、顔に寒風がぶつかってきて、国府《こくふ》孝弘《たかひろ》は目をつむった。

「……さむっ」

施錠を済ませ、孝弘は手をこすり合わせた。十一月の半ばとは思えないほどの冷え込みだ。

その原因は異常気象ではない。孝弘は後ろ向きに数歩下がり、自宅アパートを眺めた。二階建ての小ぢんまりとした建物は、すぐ裏に聳《そび》える十階建てのマンションの影にすっぽり収まっている。日差しが遮《さえぎ》られる時間が長すぎるせいで、アパートの周囲の気温が上がらないのだ。

「ま、家賃が安いからしょうがないよな」と小声で呟《つぶや》き、孝弘は徒歩五分のところにある実家に向かって歩き出した。

大きなスポーツバッグを抱えた中学生が、小走りに孝弘を追い越していく。スマートフォンで時刻を確認すると、午前八時を少し過ぎたところだった。孝弘は歩きながら、母親の由希子《ゆきこ》にメールを送った。

〈今日のじいちゃんはどう？〉

送信し、一つ息をつく。

大学は二限目からの出席でいいので、のんびり食事をする時間はある。問題は、その場所があるかどうかだ。

孝弘の祖父、博《ひろし》が認知症と診断されたのは、喜寿《きじゅ》を迎えた二年前のことだった。最初は物忘れの程度も大したことはなく、徘徊《はいかい》や幻覚などの症状も出なかった。薬を飲めばそれまで通り、普通に生活ができていた。

これならなんとか病と付き合っていける。孝弘はそう思っていたが、認識が甘かった。今年に入り、博の症状は急に悪化した。

顕在化した問題行動は二つ。食事の拒否と、家族への攻撃だった。

前者はともかく、後者の影響は大きかった。部屋が寒い。風呂の湯が熱い。話し声がうるさい。布団が湿っている。些細《ささい》なことで博は怒り、家族に容赦なく暴言をぶつけ、時には暴力をふるうようになった。

ただ、手伝いに来るホームヘルパーや、診察に当たる医師の前では、博は普通に振る舞うことができていた。身内に対する信頼が、反転するかのように攻撃性へと変化したらしかった。

特に博は、孝弘に対して強く当たることが多かった。どうやら、孝弘のことを遠縁の居候《いそうろう》だと思い込んでいるらしく、「出て行け、このごくつぶしが！」と怒鳴られたことも何度かあった。

こんな環境でまともに暮らせるはずもなく、孝弘は両親と話し合って、半年前に家を出た。近所の安アパートで寝起きすることにしたのだ。

借りた部屋にはキッチンがなく、孝弘にも料理の習慣はない。そのため、由希子の勧めもあって、朝と夜の食事はなるべく実家でとるようにしていた。ただし、博の機嫌が悪くなければ――だ。

家までのわずかな距離をゆっくりと歩いていると、由希子から返信があった。〈今日は静かだから大丈夫そう〉とのこと。孝弘は安堵《あんど》し、急いで実家へと向かった。

やがて、何の変哲もない、ありふれた二階建ての一軒家が見えてくる。離れて住むようになったとはいえ、まだ懐かしさを感じることはない。むしろ、旅行先から帰ってきたような安心感の方が強い。

音に気をつけながら玄関の引き戸を開け、ただいまを言わずに廊下に上がる。気配に気づいて、キッチンから由希子が顔を覗《のぞ》かせた。「おはよう」と、互いに控えめな声で挨拶を交わした。習慣になっているので、意識しなくても自然と声は小さくなる。

「ご飯、できてるから」とだけ言って、由希子がキッチンに戻る。

リビングに向かうと、ダイニングテーブルの上に、食べ終わったあとの食器を載せたトレイが置かれていた。これから片付けるところのようだ。孝弘はトレイを持ち、キッチンに繋《つな》がるカウンター越しに「これ、父さんの分?」と母親に声を掛けた。

「ううん、おじいちゃんのだよ」

「へえ、きれいに食べてるじゃん。今日のメニューは?」

「おかゆと卵焼き、あと、ほうれん草のお浸しに、お味噌《みそ》汁。今日はいつもより品数を増やしたんだけど、完食してくれたわ」

「ここのところ、調子がいいみたいだね」

「そうね。さすがに、スイカ、リンゴ、バナナだけじゃね」

由希子は苦笑しながら、トレイを受け取った。

今年の夏頃、博の食事嫌いがさらにひどくなり、果物以外、何も食べない時期が続いた。それだけでは体を壊すと心配し、由希子は老人でも食べやすいよう、軟らかいものを中心にさまざまなメニューを作ったが、博はそのほとんどを残してしまっていた。

しかし、季節が夏から秋へと向かうにつれ、極端な食生活は多少改善されてきたようだ。孝弘の父、伸一郎《しんいちろう》が、博の朝晩の食事の面倒を見るようになったのが大きかったらしい。やはり実の息子の方が安心できるのだろう。由希子と担当を替わった先月くらいから、博は食事をきちんと食べてくれるようになった。

それに伴って由希子の機嫌もよくなってきた、と孝弘は感じていた。口調の刺々《とげとげ》しさは薄まり、顔つきも柔らかくなった。やはり、作ったものを丸々残されるのは精神的にきついものがあったのだろう。

由希子は空の食器を流しに移し、トーストとベーコンエッグ、サラダ、コーヒーをトレイに載せた。孝弘の朝食だ。

「じゃ、はい、これ」

「うん、ありがとう」

トレイを受け取り、ダイニングテーブルに着く。

香ばしく焼けたトーストをかじったところで、二階から下りてくる足音が聞こえた。ほどなく、リビングに伸一郎が姿を見せた。

出勤前なのでスーツなのだが、丸々とした体型のなせる業《わざ》だろうか、不思議と仕事に行く格好に見えない。膨れたお腹がコミカルさを演出しているせいだ。

「お、孝弘、来てたのか。まあ、ゆっくりしていけよ」

挨拶もそこそこにサイドボードの小物入れから車のキーをつまみ上げ、伸一郎はそのまま玄関の方に向かおうとする。

「あれ、朝ご飯は？」

「ん？　ああ、いいんだ。最近、朝は抜くようにしてるから」

振り返った伸一郎の顔色を見て、孝弘は眉根を寄せた。もともと肌が白い方だが、今朝は白を通り越して青白い。

「なんか元気ないね。ダイエット、うまくいってないんじゃないの」

「そんなことはないぞ」と仲一郎は大きな腹を突き出した。「先月も、ちゃんと一キロ痩《や》せたんだからな」

「ペースが悪くなってるじゃんか。目標は月に二キロでしょ」

今年の春、健康診断で「高血圧症、要治療」の判定が出たことを受け、仲一郎は由希子と二人三脚でダイエットを始めた。食生活を見直し、脂っこいものや塩分の高いものを減らした上で、スポーツジムにも通うようにしたのだ。その努力の甲斐《かい》あって順調に体重が落ちていたのだが、秋になって明らかにスローダウンしていた。

「運動で痩せた気になってたけど、ただの夏バテだったのかもな」と言って、仲一郎が力なく笑う。やはり、どこか脱力しているというか、覇気《はき》がないように見える。

孝弘はキッチンの由希子に気づかれないように立ち上がり、「じいちゃんの世話、大変なんじゃない」と小声で仲一郎に尋ねた。

「いや、大丈夫。かなり聞き分けがよくなってる。食事も食べるしな」

「本当に？　無理してるんじゃ……」

「今朝はやけに心配性だな」と笑って、仲一郎が孝弘の肩をぽんと叩《たた》く。「体調管理には気をつけてるよ」

「それならいいけど……」

「じゃあ、会社に行くから。夕飯も食べに来いよ」

伸一郎はそう言うと、「おっと、そろそろ出ないとまずいな」と慌てた様子でリビングを出て行った。


——孝弘が生きている父親の姿を見たのは、それが最後になった。

伸一郎が事故を起こしたことを知らせる電話は、それから三十分後にかかってきた。

2

資料を読む手を止め、僕は窓の外に目を向けた。ブラインドの隙間から見える十二月の街並みは、すっかり夜の色に染まっている。

視線を手元に戻す。パソコンのディスプレイの隅に表示された時刻は、〈18:55〉だった。机に置いてあったスマートフォンをちらりと横目で見たが、メールの着信を知らせる光は点灯していない。

僕が「はぁ」と大きなため息をついた時、事務所のドアが開き、「うー、寒い寒い」と言いながら一之瀬《いちのせ》所長が駆け込んできた。

「あ、お疲れ様です」

「おう」と手を軽く上げ、所長がウールフェルトの黒の中折れ帽を取る。散髪したての坊主頭がいかにも寒そうだ。

「どうでしたか、打ち合わせは」

「あー？　ああ、別に大した話はしてねえよ。担当者が替わるっていうから、引き継ぎの段取りを決めてきただけだ。電話で済む内容なんだが、顔を見て雑談したい気分だったんだろう、向こうが」

と、所長はさばさばした様子で言った。得意先の生命保険会社との商談はつつがなく終わったらしい。なんでもないことのように話しているが、担当者の異動を機に調査依頼先が変更されることもあるので、「何もなかった」ことはかなり重要だ。懇誠《こんせい》リサーチのクライアントは生命保険会社や損害保険会社で、特に付き合いの多い会社は数社に絞られる。小規模な有限会社である我が社にとっては、依頼主になる一社を失うことの影響は計り知れない。人付き合いが所長の一番大事な仕事と言っても過言ではないくらいだ。

「ところで江崎《えさき》よ。まだ帰らねえのか」

「え、まあ」と僕は頭を掻《か》いた。

「今度の案件の資料を読んでたのか」と所長が僕の机を確認しながら言う。「自損事

「今のところは、まだそういう段階ではないですね」と僕は答えた。

新しく僕が受け持つことになったのは、交通事故死における保険金の支払いに関する調査だ。

事故で亡くなった国府伸一郎さんは、一般的な生命保険以外に、自損事故保険と人身傷害補償保険の二つの保険に加入していた。いずれも自動車保険を契約した時に付けたもので、前者は千五百万円、後者は三千万円とかなり高額だ。

伸一郎さんの運転する車は、会社に出勤する途中、道路沿いの電信柱に衝突した。もし事故の原因が彼にある場合――例えば、無謀運転、飲酒、薬物、自殺など――は、損保会社は保険金の支払いを回避できる。つまり、免責にできるかどうかを調べるのが僕の役割ということだ。

保険金を払わずに済めばクライアントは喜ぶだろうし、我が社の覚えもめでたくなるだろうが、それはそれとして、調査はフェアに行うのが僕の信条だ。契約者と保険会社、双方が納得できる答えを出すまで徹底的に調べ尽くすつもりだ。

「今は特に気になる点はない、と？」所長が白髪交じりの坊主頭を撫《な》でながら、じろりと僕を見た。「その割には、どうも様子がおかしいな」

不意打ち的な指摘に、「えっ」と僕は思わず胸に手を当ててしまう。

故のやつだな。気になることがあるのか？」

「なーんかそわそわしてるんだよな、今日のお前さんは」

一之瀬所長がこちらに詰め寄ってくる。背の高さは僕と変わらないのだが、筋骨隆々、鍛《きた》え上げられた肉体には独特の迫力がある。

「いえ、そんなことはないですよ」

「とぼけたって無駄だぞ。俺の目はごまかせねえ」所長が僕のネクタイをぐいっと掴《つか》んだ。「さっさと吐いちまえ。そうすりゃ楽になるからよ」

「しょ、所長、苦しいです」

両手を上げて降参のポーズを取ったところで、僕のスマートフォンにメールが届いた。

「あの、すみません、見てもいいですか」と僕は机の方に顎を向けた。

「誰からの連絡だ……って、ああ、そういうことか」急に興味をなくしたのか、所長はネクタイを掴んでいた手をあっさりと放した。「リケジョ先生とデートか」

あっという間に看破されてしまった。僕はネクタイを直しながら、「夕食をご一緒する約束をしてまして。彼女の実験が終わるのを待っていたんです」と頷《うなず》いた。

「残業と見せかけた時間潰しか。お前、今日の勤怠、定時上がりにしとけよ」

所長はそう言うと、「楽しんでこいよ、たっぷりな」と笑いながら自分の席に戻っていった。

さっそくメールをチェックする。差出人欄に〈友永久理子《ともながくりこ》〉と表示されているのを見ただけで、心が温かくなる。

これから大学を出るので、先に店で待っていてほしい、とのこと。僕は〈了解です！〉と返信し、急いで事務所をあとにした。

リケジョ先生こと、友永久理子さんと出会ってから、そろそろ一年半になる。久理子さんに一目惚《ぼ》れし、なんとか振り向いてもらおうと必死にアプローチを続けた結果、ようやく僕たちの仲も進展してきた。世間的には、「付き合っている」と表現していい状態だとは思う。僕は間違いなく彼女のことを愛しているし、久理子さんも僕に好意を持ってくれているはずだ。

ただ、久理子さんにとって最も重要なのは研究だ。毎日毎日、朝から晩まで研究室に籠《こも》ってひたすら実験に勤《いそ》しむ日々を送っている。そのため、普通のカップルのように気軽にデートに行くこともままならない。大学の近くの定食屋で、週に一度か二度、昼ご飯を一緒に食べるのが関の山だ。今夜のように夕食を共にするのは、極めて珍しい、超ラッキーな出来事なのである。

僕はT大学の敷地を囲う赤レンガ塀沿いの歩道を進み、二度ほど角を曲がって、目的のイタリアンレストラン〈アルトロ・モンド〉にやってきた。店名の由来は、「別世界」という意味のイタリア語だそうだ。

短い階段を上がって店に入る。グルメ情報サイトで調べて予約したのだが、来店するのは初めてだった。オレンジ系の照明に、控えめな音量で流れるクラシック。古い木製の棚を飾る、ブリキの小物や小さな陶器の人形たち。落ち着いた雰囲気があり、どの席の客も静かに食事を楽しんでいた。

店員に連れられ、通路の奥にある予約席へと案内された。扉はないが、周囲から壁で隔離されているので、気兼ねなく二人だけの時間を過ごすことができる。

今日は、クリスマスの予定を久理子さんに尋ねるつもりだった。世間の風潮に毒されているのは自覚しているが、やはりクリスマスは恋人たちの祭典だと思う。二十四、二十五日をどう過ごすかは非常に重要な問題だ。

プレゼントにはアクセサリーかな、それともバッグかな、などと考えながら、脱いだコートをハンガーに吊《つ》るしていると、早足で通路を歩いてくる靴音が聞こえた。

ぱっと振り返ると、ちょうど久理子さんと目が合った。フリルの付いたベージュのコートに、膝丈のグレーのスカートという装いだ。すらりとした足を包む黒のストッキングがなんとも色っぽい。

「あ、いま来たところ？」

「そうですね。二、三分前に。上着、もらいますよ」

うん、と頷き、久理子さんが脱いだコートを差し出した。少し息が上がっているのは、急いでやってきたからだろうか。僕との食事を楽しみにしてくれていたようで、シンプルに嬉《うれ》しい。

さっそく向かい合わせに席に着き、互いに赤のグラスワインをオーダーする。料理はコースだ。飲み物とほぼ同時に、三種類の前菜が載った皿が運ばれてきた。蕪《かぶ》のムースに、馬肉のカルパッチョ、それと、いちじくとパルマ産生ハム。あまり食べたことのないものばかりだが、どれも美味《おい》しそうだ。

「じゃあ、乾杯しましょうか」

「何か乾杯の題目は必要？」

グラスを手に、久理子さんが微笑《ほほえ》む。「お互いにお疲れ様です、ということで」と言って、僕たちはグラスを軽く合わせた。本当は、「あなたにまた会えたことに感謝して」と言いたかったが、さすがにそんなキザなセリフは恥ずかしい。

「実験の調子はどうですか」

「相変わらず、かな。一つ課題がクリアできたと思ったら、また問題が出てきて、の繰り返し。一進一退だよ」

淡々と答えて、久理子さんが赤ワインを口に運ぶ。久理子さんは継続して、iPS細胞を用いた腎臓組織の作製に挑んでいる。半年くらい前に、「腎臓の組織の赤ちゃんみたいなのが初めてできたんだよ！」と彼女は喜んでいたが、そこで研究は足踏みをしているらしかった。

「なかなか大変ですね」

「難しいことをやってるって自覚はあるよ。簡単なら、誰かがもう論文報告しちゃってるだろうしね。時間が掛かるのは仕方ないかな」

そう言って、久理子さんは真っ赤な馬肉をフォークでつつく。ちょっと元気がないだろうか？　いつもよりおとなしいというか、雰囲気が暗い感じがする。

「生のお肉は苦手ですか？」

「ううん、そんなことないよ。食べる食べる」

久理子さんはぎこちなく笑い、数枚の馬肉をまとめて頬張った。やっぱりどこか変だ。無理をして明るく振る舞おうとしている気配がある。

すぐにクリスマスの話をするつもりだったが、予定変更だ。前菜の皿が下げられ、二品目の、野菜のフリット・トマトソース掛けが運ばれてきたところで、僕はあえてわざとらしい咳《せき》払いをした。

「――久理子さん」

「ん？　どうしたの？」

彼女と視線を合わせて、「何か心配事があるんじゃないですか」と単刀直入に尋ねた。

すると、彼女は小さくため息をついて、「やっぱり」と呟いた。

「……やっぱりって、何がですか？」

「江崎くんの仕事って、いろんな人から話を聞くことが多いでしょ。当然、話の内容が本当か嘘《うそ》かを判断する力が必要になる。その中で鍛えられた観察力って、なかなかのものだと思うんだ。前に、江崎くんはそれを『直感』って表現してたけど、経験に裏打ちされた、立派なセンサーだと思うんだよね、私は」

久理子さんはそう説明して、グラスに唇をつけた。

「つまり、あるんですね。気になっていることが」

重ねて指摘すると、久理子さんは「……うん」と頷き、グラスの中のワインに視線を落とした。

その仕草を見た瞬間、僕の頭の中に最悪の想像が入り込んできた。

久理子さんの研究室には、客観的に見てイケメンとしか言いようのない男子学生が何人もいる。その中の誰かに告白された久理子さんは、苦悩しながらも僕からそいつに乗り換えることを決心した。そして、そのことをいつ切り出すべきか迷っている。だから、今日の彼女は浮かない顔をしているのだ——。

何の根拠もない空想なのに、考えただけで息苦しくなった。水を飲み、深呼吸をしてから、「話してもらえますか」と覚悟を決めて切り出した。

「今日、研究室の教授に呼び出されてね」

「……はい」

久理子さんは、ほとんど空になったグラスを回しながら言った。

「そろそろ、外に出てみないかって……」

「え？」思ってもみなかった一言に、理解が追い付かない。「どういうことですか」

「ウチの研究室の伝統なんだけど、助教の間に、アメリカの大学で研鑽《けんさん》を積むことになってるの。来春、そこにいま行ってる人が帰ってくるから、入れ替わりで私が向こうに行くことになりそう」

「アメリカ、ですか……。そ、それってどのくらいの期間ですか」

嫌な予感に押されるように尋ねると、久理子さんはちらりと僕を見て、またグラスに視線を落とした。

「二年、だって」

あまりに唐突で、衝撃的な数字だった。二年間、久理子さんがアメリカに行ってしまう——そのことに思い至ると同時に、ふわりと現実感が消え失《う》せた。愛すべきこの美しい人が、僕の目の前からいなくなる。その可能性を受け入れることを、脳が必死で拒否しているらしかった。

僕はほとんど思考停止状態のまま、「もう、それは確定なんですか」と訊《き》いた。

「……まだ、迷ってはいるんだ。今の研究を中途半端なところで中断することになっちゃうし、指導してる学生のことも気になるし」

久理子さんの挙げた理由はどちらも仕事に関することで、江崎の「え」の字も出てこなかった。彼女にとって最も大切なものは研究である——そのことを理解しているにもかかわらず、僕は落胆してしまった。

その後の食事は、いつになく重いものになった。明るく、楽しい話題を提供しようと思う気持ちはあるのに、一向に言葉が出てこないのだ。

それはどうやら久理子さんも同じらしかった。僕たちはほとんど会話をすることなく、順番に出てくる料理を機械のように口に運ぶことに終始した。

クリスマスの予定を聞き忘れていたことに気づいたのは、デザートのあとのコーヒーを飲み終えた時だった。

その場で返事をもらうだけの時間はまだあった。しかし、僕たちの席に積もった沈黙はあまりに重かった。結局それを振り払えないまま、僕たちは店をあとにしたのだった。

3

翌日。自分では割と朝の目覚めのいい方だと思うのだが、今朝の調子は最悪だった。

言うまでもなく、昨夜の一件が引き起こした寝不足が原因だ。

　本当は家で休んでいたいところだが、残念ながら今日はまだ木曜日で、もちろん仕事をしなければならない。引き受けたばかりの、交通事故死の一件だ。僕はスーツに身を包み、鈍い頭痛を抱えながら家を出た。

　事故が起きたのは、国分寺市の西部、航空自衛隊の立川分屯《ぶんとん》基地にほど近い一般道だ。事故の調査は、同地区を管轄する国分寺署の交通課が行っている。

　ということで、まずは客観的な情報を得るために、都営地下鉄、山手線、中央線と順に乗り継ぎ、国立駅からバスを使って、国分寺署へとやってきた。四階建ての建物は前面が湾曲していて、端から端まで窓が横に並ぶ構造になっている。なんとなく、剣道の面のような印象があった。

　玄関から中に入り、受付で来意を告げる。すでに昨日のうちにアポは取ってある。案内された部屋で待っていると、「どうもー」と言いながら、フレームレスの眼鏡を掛けた、小柄な女性が入ってきた。年齢は三十代後半くらいか。白のワイシャツと藍《あい》色のベストという内勤の制服を着ているが、身長が一五〇センチもないので、若干嘘っぽさというか、コスプレ的な雰囲気が生まれてしまっていた。

　などという失礼な第一印象を心のうちに仕舞い込み、「お世話になります。懇誠リサーチの江崎と申します」と、僕は彼女に名刺を差し出した。

「あ、はいはい、これはご丁寧にどうもー」と間延びした口調で名刺を受け取り、彼女は制服のポケットをあちこちまさぐり始めた。

ひとしきりポケットを確認し終えて、「持ってくるの忘れちゃいました」と彼女はあどけなく笑った。「交通捜査係の福光《ふくみつ》です。よろしくー」

福光さんは名刺代わりとばかりに手を差し出してくる。ずいぶん気さくだなと内心苦笑しつつ、僕は彼女と握手を交わした。

「ええっと、この間の自損事故の件ですよねー。何をお話しすればいいですかねー」

立ったまま彼女が話を始めようとするものだから、僕は思わず「えっ」と口走ってしまった。福光さんはテーブルに視線を向け、「あらっ」と、初めてその存在に気づいたかのように目を丸くした。

「これは失礼しましたー。どうぞお座りください」

やれやれと思いつつ、彼女と向かい合わせに腰を下ろす。

「損保会社の方から事故に関する資料はいただいていますので、概要は把握していますが、改めてお話を聞かせてください。まず、事故の状況ですが」

そう水を向けると、急に福光さんの表情が引き締まった。

「事故があったのは、十一月十九日の、午前八時四十四分です。現場は直線が長く続いたあとの緩やかなカーブで、スピードを落とすことなく、そのまま電信柱に正面衝突していいます。幸い、近くに人はいなかったため、当人以外に怪我人はいません。現場付近の路面には、ブレーキ痕は一切ありませんでした。エアバッグは正常に作動しましたが、衝突の際にフロントガラスに前頭部を強打しており、病院に運ばれた直後に死亡が確認されました。死因は脳挫傷《ざしょう》です」

福光さんはメモも見ずにすらすらと説明し、「どうだ！」と言わんばかりに、ふんと鼻息を噴き出した。

「国府伸一郎さんは、シートベルトを着用されていたんでしょうか」

「いいえ、未着用でした。していれば命は助かったと思われます。その点は非常に残念です。定期的にシートベルト着用キャンペーンは行っているのですが、啓発活動はまだまだ不充分ということでしょう」

「そうですか。行政解剖が行われたそうですが」

「はい。死因が本当に事故によるものか確かめる必要がありましたので。結果を申し上げますと、心筋梗塞《こうそく》、脳動脈瘤《どうみゃくりゅう》の破裂など、突発的な異変が起きた可能性は低いという結論になりました。突然死の痕跡はないと、解剖を担当した医師が明言しています」

「なるほど。……伸一郎さんは薬物を服用していたそうですが」

「血液検査で、血圧を下げる薬物が検出されています」と言って、福光さんは眼鏡のつるの位置を微調整した。「一般的に処方される薬物で、家族の方に伺ったところ、以前から服用していたものだと確認が取れました」

「他に、血中から検出されたものはありますか？」

「毒物、覚醒剤、睡眠薬を中心に、百種類以上の薬毒物成分を検査したそうですが、先に述べた血圧降下剤以外は検出できなかったとのことです。アルコール濃度も問題ない数値でした。ただ、やや白血球が増えていたので、風邪をひいていた可能性は考えられますね」

それは報告書にはなかった情報だった。念のために、元の資料に当たった方がいいだろう。そう思い、血液検査の結果を提供してもらえないか福光さんに尋ねてみたが、本件についてはすでに検察に送致済みであり、起訴、不起訴の処分が出るまでは、行政解剖の結果の開示には応じられないとのことだった。まあ、この辺はお役所の決めたことなので仕方ない。ひとまず引き下がることにした。

「現場にはブレーキ痕がなかった点について警察の見解をお伺いしたいのですが、自殺という可能性はありませんか？」

「それは、現場の状況から判断するのは困難です」と福光さんは眉間《みけん》にしわを寄せる。

「覚悟の上で電信柱に突っ込んだのかもしれないです」

ただ、と呟き、「たとえ事故に見せかけたかったとしても、本当に死ぬ気なら、そんな不確実な手段は選ばないでしょうね」と彼女は付け加えた。

「打ちどころによっては、助かるケースもありえたと」

「私はそう思いますね」

つまり、自殺と見なすのには無理があるということだ。ただ、そういった特殊な手段を選ぶことはありうる。この点については、故人の関係者に話を聞かねば判断はつきそうにない。伸一郎さんに、自殺をする動機はあったかどうか。そこをしっかり追究する必要がある。

「大体のところは分かりました。故意の事故であれば、保険金は払われない。これから現場の方に足を運んでみようと思います」

「そうですかー」

ふっと、福光さんの表情や口調に柔らかさが戻る。仕事モードを解除したようだ。

「わざわざありがとうございました。これで失礼いたします」

腰を上げ、部屋を出ようとしたところで、「あのー、ちょっといいですか」と呼び止められた。

「はい？ なんでしょうか」

「私がいま住んでいる家は、国府さんと同じ町内にあるんですよー。歩いて五分くらいの距離ですかねー」

「へえ、そうなんですか」

「だから、これは警察の人間ではなく、近所の住人としてのコメントなんですけどー、なるべく多くの保険金が出ればいいなーと思ってます」

「それは、国府さんご一家にお世話になっているからですか？」

「そうじゃなくて、単純に大変だなーと思って。あのお宅、おじいさんの介護で苦労してるみたいですから」

「……介護ですか」

「ええ。詳しいことはご家族の方に聞いてみてください」

福光さんはそう言うと、「じゃ、頑張ってくださーい」といたずらっぽく敬礼しながら僕を見送ってくれた。


国分寺署を出た僕は、〈ぶんバス〉という、市内を巡るバスに乗り込んだ。

がらんとしたバスにしばらく揺られ、目的の停留所で降りる。時刻は午前十時半。今日はよく晴れていて、気温も結構上がっている。マフラーがあれば充分だったので、コートを脱いで事故現場まで歩いていくことにした。

事故があった道路は片側一車線で、大きな通りから離れていることもあって、交通量は一分に一台程度と少ない。制限速度は時速三〇キロで、消えかけた白のライン以外に、歩道と車道を隔てるものはなかった。

辺りを見回しながら、ゆっくりと歩を進める。大きな庭を備えた和風の一戸建て、壁がピンク色に塗られたちょっと変わったアパート、枯れ木ばかりの果樹園などが目についた。静かな住宅街、と表現していいだろう。

やがて、問題の事故現場に到着した。数百メートルにわたって続いた直線が、そこで十度ほど右側に曲がっている。ほんの少しハンドルを切れば問題もなく通過できるポイントで、伸一郎さんは事故を起こしてしまっていた。

くだんの電信柱は、ひときわ大きな庭のある民家の塀に密着するように立っていた。事故からひと月近くが経過している。修理をしたらしく、電信柱の周囲に衝突の痕跡は残っていない。しかし、電信柱の根元に置かれた花が、この場所で人の命が失われた事実を無言で主張していた。

目を閉じ、その場で両手を合わせて故人の冥福を祈っていると、「おや」と人の声がした。振り返ると、白髪の老人がバケツ片手に立っていた。年齢は七十歳前後だろうか。額から頭頂部にかけて禿《は》げ上がった白髪頭に、口の周りと顎を覆う立派な白ひげ。彼の風貌は、僕に時代劇の水戸黄門《みとこうもん》を連想させた。

彼の提げている青いプラスチックのバケツには、幾本《いくほん》かの花が入れられていた。

「ひょっとして、こちらの住人の方ですか」

「そうだけど、お宅さんは？」

話を伺いに行こうと思っていたのでナイスタイミングだ。僕は老人に名刺を渡し、ここで起きた事故について調べていることを説明した。

「保険金支払いの調査代行。はあ、そういう仕事もあるんですなあ」と老人はしきりに感心していた。「あの事故、何かおかしなことがあるんですかね」

「いえ、そういうわけではないんですが。念のために調査しているだけです」

「そうですか。ああ、ちょっとごめんなさいよ」

老人は電信柱の根元の花を拾い、バケツの中のものと交換した。

「ご主人がお花を手向《たむ》けてらっしゃるんですね」

「まあ、縁って言うと変ですがね、何の因果かここでお亡くなりになったわけでしょう。そりゃあ、やっぱり気になりますよ」

よっこらしょ、と立ち上がり、「立ち話もなんですから、こっちへどうぞ」と老人は自宅の敷地に入っていく。広い庭の片隅に、木のベンチが置いてあった。

今度は「どっこいせ」と言って老人がそこに腰を下ろす。「ま、どうぞ」と勧められたので、素直に隣に座らせてもらった。

「事故の日のことをお伺いしてもよろしいでしょうか」

そう尋ねると、老人は大きなため息をついた。

「あの朝、私は飼い犬の散歩に出まして」彼が指差す先に犬小屋があり、その中で毛並みのいい柴犬が丸くなって眠っていた。「家を出て少し行ったところで、たまたますれ違ったんですよ、事故を起こした車と」

「それは、どの辺ですか？」

すかさずメモ帳とボールペンを差し出し、簡単な絵を描いてもらう。自宅前の道を南に向かって歩いていたところに、伸一郎さんの乗った車が近づいてきたらしい。

「とんでもない音がして、振り返ったら、ねえ、あんなことになってて……本当に驚きましたよ」

「すごい瞬間に立ち会ったわけですね」

「あと一分、家を出るのが遅れていたら……ひょっとしたら、私はもう骨になっていたかもしれませんな」と、家の方を見ながらしみじみと老人が呟く。

「すれ違った際に、何か気づいたことはありましたか」

「いやあ、よく分かりませんな。何しろ結構スピードが出ていましたから。運転手さんの顔も見えませんでしたし」

「眠っていた様子はありませんでしたか？」

「どうですかねえ。警察の人にも訊かれましたが……ただ、運転席の辺りに黒い影が見えただけで」

「黒い影ですか……」

それはもしかすると、伸一郎さんの頭頂部だったのではないか、と僕は直感した。顔が見えなかったのではなく、前のめりになって運転していたから、黒い影としか認識できなかったのではないだろうか。

ただ、それはあくまで可能性の一つだ。調査に予断は禁物だ。与えられた情報をあるがままに受け取り、きちんと裏を取って事実へと変換する。そう、化学反応のように。それを忘れてはいけない。

——化学反応。

その単語が頭に引っ掛かった、と思うが早いか、イメージが勝手にどんどんと広がり始める。浮かんできたのは青い液体が入ったフラスコで、白衣姿の久理子さんがそれを持って実験室に佇《たたず》んでいる。そして、彼女の背後にある窓の外には、広大なアメリカの大学の風景が広がって——。

発想の飛躍と共に、一時的に忘れていた重い気分が蘇《よみがえ》り、僕は嘆息した。

「どうされましたか？」

「ああ、いえ、なんでもありません」

僕は軽く頭を振って立ち上がり、老人に礼を述べてその場をあとにした。

4

事故現場の確認を終えた僕は、いったん幹線道路に出てタクシーを拾い、国府家へと向かった。遺族に話を聞くためだ。

一家の大黒柱が亡くなってまだひと月。悲しい記憶は鮮明なままだろう。それを質問で掻き回すのは気が重いが、それが僕の仕事だ。迷いを封印し、やるべきことをきっちりやりきらねばならない。

携帯電話ショップの脇の道を折れ、しばらく行くと国府家が見えてきた。タクシーを降り、ざっと外観を確認する。ごく普通の切妻屋根の載った、二階建ての一軒家だ。家の周りには高さ一メートル程度のフェンスがあり、その向こうに庭が見える。庭の広さは六畳くらいか。家の脇には二台分の駐車スペースがあり、赤い軽乗用車が一台停《と》まっている。事故車は廃車になっているので、これは家族の車だろう。

収入に見合わない豪華な家に住んでいたり、高い外車を何台も所有していたりする場合は、保険金目当てで事件が引き起こされた可能性を考慮に入れねばならないが、国府家はまずまず一般的な暮らしぶりと評価していいだろう。

午前中に伺います、と連絡はしてある。玄関脇のチャイムを鳴らすとすぐに引き戸が開き、若い男性が顔を覗かせた。やや目尻の下がった目といい、しっかりとした濃い眉毛といい、丸っこい鼻といい、体格はずいぶん違うものの、彼の顔つきには亡くなった国府伸一郎さんといくつか共通点があった。

「江崎と申します。国府孝弘さんでいらっしゃいますか」

「あ、はい。そうです」と彼は頷く。「同席する予定はなかったんですけど、ちょうど大学の講義が休講になったんで」

別々に話を聞くつもりだったので好都合だ。「今、上がらせていただいてもよろしいでしょうか」と僕は切り出した。

「えっと、ちょっとだけ待ってもらっても——」

彼が言い終える前に、家の中から「またこんなに残してっ！」と叫ぶ女性の声が聞こえた。

孝弘くんは「あー、やっぱり……」と呟くと、戸をそっと閉めて外に出てきた。

「今のは……お母様の由希子さんの声ですか」

「そうです。……ウチの家族構成のことはご存じですか」

「ええ。他にもうお一方、伸一郎さんのお父様である博さんと同居されていると伺っております」

「じいちゃんの病気のことは……」

「ご家族で介護をされているとだけ」と僕は答えた。「お体を悪くされているのでしょうか」

孝弘くんは足元に目を落とし、「認知症なんですよ」と髪を掻き上げた。「家族でっていうか、身の回りの世話は母親がやってます。体が元気なんで、むしろそれで手を焼いてるんです。じいちゃん、俺を見るとすごく怒るんですよ。孫だって分からないみたいで……。なので、俺だけこの近所にアパートを借りて住んでます」

「それは大変ですね……」

「こんなこと言っちゃダメなんでしょうけど、そりゃ怒鳴りたくもなりますよね」と彼は家の方を振り返った。「時々ひどく攻撃的になりますし、果物以外、全然ご飯を食べてくれないんです」

「栄養が偏ってしまいそうですね、それだと」

「母はなんとか普通の食事をさせようと頑張ってるんですけどね……。なかなか、うまくいってないみたいです。……やっぱり、父が亡くなった影響かな」

聞けば、朝と夜は、伸一郎さんが食事の世話係を担当していたのだという。由希子さんが作った食事を博さんの部屋まで届け、二人きりで、時間を掛けて食べさせていたそうだ。

「十月から父が食事の面倒を見るようになって、食べ残しの量は格段に減りました。

たぶん、誰が近くにいるのかって、大事なんでしょうね。父が亡くなって、母が食事の世話をするようになって、またうまくいかなくなっちゃいましたから……」

「そうですか。もしご都合が悪いようでしたら、日を改めますが……」

「いや、大丈夫です」と彼は手を振った。「せっかく来ていただいたんですし、上がっていってください。母もそのうち諦めて、バナナかみかんでも置いて出てくると思いますから。……ただ、ちょっと母の機嫌が悪いかもしれないですけど、そこは大目に見てもらえればと」

彼はそう言うと、「様子を見てきます」と家の中に戻っていった。

庭の枯れた芝を眺めながら玄関前で待つこと十分。再び引き戸が開き、孝弘くんが「OKです」と手招きをする。

「お邪魔します」と小声で言って中に入ると、上がり口のところに目つきの鋭い中年女性が立っていた。肩に掛からない長さに切り揃《そろ》えられた髪や、ぴしっと整えられた眉は几帳面さを感じさせるものだった。

彼女は腰を三〇度ほど曲げる丁寧なお辞儀をして、「お待たせいたしました。国府由希子です」と名乗った。さっきの怒鳴り声でも思ったが、高くてよく通る声をしている。由希子さんは、中学校で理科の非常勤講師をしているという。ふざけたい盛りの生徒たちをおとなしくさせる中で、自然とそういう声が身についたのだろう。

「懇誠リサーチの江崎です。今日はお忙しいところ、ありがとうございます。……もしよろしければ、お線香を上げさせていただいてもよろしいでしょうか」

「……ご丁寧にありがとうございます。ですが、仏壇のある部屋は片付いていませんので……せっかくのお申し出なのですが」と由希子さんは目を伏せた。

さっきの彼女の怒鳴り声は、一階の奥から聞こえてきた。仏間と博さんの部屋が近接しているので、あまり来客を近づけたくないのかもしれない。

「狭い家で恐縮ですが、こちらへどうぞ」

由希子さんに案内され、僕たちはリビングに移動した。庭に面したガラス戸からたっぷり日が差し込んでいて、照明をつけていなくても充分明るい。ローテーブルの周りにL字型に置かれたソファーを勧められたので、そこに腰を下ろす。

「きれいなお部屋ですね」と褒《ほ》めつつ、いつものように、ざっと室内の調度品を確認する。目につくところには、過度な高級品はないようだ。保険金殺人の可能性が、また少し薄まった。

由希子さんが運んできたコーヒーを、孝弘くんが僕の前に置いてくれる。二人が斜《はす》向かいのソファーに座るのを待ってから、「このたびは誠にご愁傷さまでした」と僕は軽く頭を下げた。

「ええ、どうも……私どもも、突然のことで本当に困惑していまして」と、由希子さんが頰に手を当てる。

「悲しみはまだいささかも癒《い》えていらっしゃらないことと存じますが、事故に関して、いくつか確認させていただけますでしょうか。まず、伸一郎さんの当日の体調についてですが、何か気になった点はありましたか」

何秒かの沈黙ののち、孝弘くんが「……あの朝、父と最後に会話をしたのは自分です」と言った。「その時の顔色は、正直、あまりよくなかったです」

「風邪をお召しになっていたのでしょうか」

「そういう感じではなかったです。咳はしていませんでしたし、声も普通でした。ただ、疲れている感じはありました。それで、一応尋ねたんです。じいちゃんの世話が大変なんじゃないかって。父はそれを否定してましたけど……」

「伸一郎さんが、お祖父さんの食事の面倒を見られていたそうですね。その朝もそうだったのでしょうか」

「ええ、そうです」と由希子さんが硬い表情で頷く。「いつものように私が食事の準備をして、あの人が料理の載ったトレイを持って義父《ちち》の部屋に行きました。私はずっと台所にいましたが、主人が声を荒らげるようなことはありませんでしたし、皿はきれいに空になっていました。ゆっくりと、少しずつ食べさせていたんだと思います」

「介護については普段通りだった、ということですね。その朝のご主人の様子はどうでしたか？　孝弘さんは顔色がよくなかったとおっしゃっていますが」

ちらりと僕を見て、彼女はテーブルの天板に目を落とした。

「恥ずかしい話ですが、顔はほとんど見ていないんです」

料理ができたら、トレイに載せてダイニングテーブルに置いておく習慣になっていたのだ、と彼女は説明した。伸一郎さんがそれを博さんの部屋に持って行き、空になったものを元の位置に戻す。その日もいつも通りにそうしたのだそうだ。

「朝はそんな風に、特に会話をしないこともあります」

「なるほど。では、その前夜はいかがでしたか」

「普段と変わりなかったように思いますが……」と由希子さんは自信なさげに答えた。

「そうですか。事故について、警察から何か話はありましたか？」

「居眠り運転の可能性が高いと聞いております」と、神妙に由希子さんが答えた。

「持病の方はどうだったのでしょうか」

「高血圧のことですか。確かにあの人は太っていましたし、会社の健康診断でいろいろと問題を指摘されていました。ただ、薬はきちんと飲んでいましたし、最近はダイエットにも積極的でした。病気は関係ないと思います」

「父は減塩、ノンオイルメニューを続けていたんです。母が気を遣って、朝も夜も、それから昼の弁当も、なるべく塩と油を使わないメニューにしていました。父は『塩気が足りなくて寂しい』なんて愚痴ってましたけど、血圧は実際に下がってましたし、効果はあったと思います」

両親の仲のよさをアピールするかのように、孝弘くんがそう説明を付け加えた。

「なるほど、よく分かりました」と僕は頷いた。「こちらの都合を申し上げて恐縮なのですが、調査報告には具体的な資料が必要になります。もし可能でしたら、健康診断の結果を見せていただくことはできますか。できればここ二、三年のものがあると非常にありがたいのですが」

「……分かりました。あとでお渡しします」

特に異論なく、由希子さんはこちらの申し出を受け入れてくれた。報告云々《うんぬん》は、実は方便である。その方が拒否されづらいと踏んでそう言っただけだ。手に入る情報は漏《も》らさず集めるのが僕のスタンスだ。意外なところから事件の真相に繋がる手掛かりが見つかるかもしれないからだ。

さて、ここからさらに突っ込んだ質問をすることになる。心を鬼にして前に進まねばならない。

出されたコーヒーに口をつけ、ワンクッション置いてから、「ご主人には、何か悩み事はなかったでしょうか」と僕は尋ねた。

「……それ、どういう意味ですか」

そう問う孝弘くんの口調には、わずかな憤りが滲《にじ》んでいた。こちらの言わんとすることを察したのだろう。

自殺の可能性を疑っている。そうはっきり伝える代わりに、「精神的なストレスが、慢性的な睡眠不足を引き起こしていたのではないかと思いまして」と僕は返答した。

「それはないと思います」と断言したのは由希子さんだ。「主人は心の不調がすぐ表に出るタイプの人間でした。義父の病気が発覚した当初はずいぶん悩んで睡眠不足にもなったようですが、最近はよく眠れていたようです」

「そうですか。お答えいただき、ありがとうございます」

追及をそこでやめ、僕は引き下がった。家族からの証言は、参考程度にしかならないことが多い。「保険金支払いの拒絶に繋がるような発言を慎もう」というバイアスが働くからだ。判断の決め手になるのは、いつでも客観的な証拠である。その点に関しては、警察も僕たち調査会社も基本的な姿勢は変わらない。

しばらく伸一郎さんの人となりについて雑談を交わし、そろそろ帰る頃合いかなというところで、一つ、聞きそびれていた質問を思い出した。

「そういえば、事故のあった朝、伸一郎さんはシートベルトをしていなかったそうですね。普段からそうだったのでしょうか」

さりげなく尋ねると、由希子さんも孝弘くんも「え?」という顔で黙り込んだ。

「いかがでしょうか」と促すと、「……そういえば」と孝弘くんが口を開いた。「警察の人が、そんなことを言ってたような気がします」

「そうね……。あの時は気にしなかったけど、言われてみれば変かも……」

由希子さんが口元に手を当てながら独り言のように呟く。

「普段と違っていたと？」

「……少なくとも私の知る限り、シートベルトを忘れたことはなかったと思います。あの人はずっとゴールド免許で、交通法規にはかなり気を遣っていましたから」

「それなのに、あの朝に限って忘れていたということですか」

「そう、なりますね……」孝弘くんが顔をしかめながら小さく頷く。「それくらいぼんやりしてたってことは、本当は高熱があったのかもしれないです」

やっぱり、無理やりにでも止めてたら――。

孝弘くんが漏らした言葉に、由希子さんが眉根を寄せた。

リビングに気詰まりな静寂が訪れる。僕はそれを払いのけるように、「分かりました。本日はどうもありがとうございました」と立ち上がった。

「じゃあ、玄関先まで一緒に行きます」

由希子さんが慌てたようにソファーから腰を上げた。しかし、孝弘くんは座ったまま、じっと自分の手を見つめているだけだった。

5

薄曇りの金曜日。調査二日目の最初に向かったのは、伸一郎さんが勤務していた食品会社だった。

地下鉄と京王線を乗り継ぎ、百草園《もぐさえん》という小さな駅で降りて、そこからタクシーで約十分。〈雪間《ゆきま》食品〉は緩やかに続く坂の上にあった。国府家からだと、車で三十分くらいの距離だろう。

正門脇の守衛所で手続きを行い、敷地へと足を踏み入れる。構内図によると、奥へとまっすぐ延びる通りの右側が本社組織関連の建物で、左側が食品開発本部関連の建物だそうだ。工場はまた別の場所にあるのだろう。

丘を切り拓《ひら》いて造ったと思《おぼ》しき敷地は広く、あちこちに花壇や植え込みが設けられていた。辺りを見回しながらタイル張りの歩道をしばらく進み、周囲の建物より頭一つ高い、六階建ての本社ビルに到着した。

短い階段を上った先の出入口のところに、黒縁眼鏡を掛けた男性が待っていた。年齢は四十代半ばくらいだろう。すらりと背が高く、アンバランスなほど手足が長い。眼鏡の下の目は小さく、黒目がちだった。

「調査会社の方でしょうか」

「はい。昨日お電話差し上げた江崎です」

「お待ちしておりました。資材部の石原《いしはら》と申します。部屋を取ってありますので、どうぞこちらへ」

　彼に案内され、中に入ってすぐの会議室へと通された。白いテーブルを挟んで、三つずつ椅子が置かれている。正面には大きな窓があり、左右の壁そのものがホワイトボードになっていた。立ったままあれこれと議論をするのに適した部屋のようだ。

　席に着くと、石原さんはテーブルの上で、「さて」と手を組み合わせた。「国府について話を聞きたいとのことでしたが」

「はい。会社での様子をお話しいただけますでしょうか。石原さんと国府さんは同じ部署にお勤めだと伺いましたが」

「ええ。向こうが異動してきてからですから、ここ一年くらいですかね。……ただ、彼との付き合いはもっと長いんですよ」と石原さんが穏やかに言った。「我々は同期入社なんです」

　入社式のあと、研修所に向かうバスの中でたまたま隣の席になったのがきっかけで、伸一郎さんと親しくなったのだと彼は教えてくれた。

「配属先は別でしてね。国府は食品開発本部、私は経理部になりました。食品開発本部というのは、その名の通り、新商品を開発するところです。国府が担当していたのは、カップのインスタントラーメンです。あいつは昔からラーメン好きでしてね。自分の天職だと言って頑張ってましたよ。試食を繰り返したせいで、見る見るうちに太っていきましたけどね」

「楽しんで働いていらっしゃったようですが、今の部署に異動になったのはなぜなのでしょうか」

「上が決めることですからね、詳しい事情は分かりません。私だって、自分が経理からここに来た理由を聞かされていませんしね。異動の内示が出れば、おとなしく従うだけです」一瞬だけ苦笑し、石原さんはすぐに真顔に戻った。「ただ、国府は異動に納得していませんでした。異動前にたまたま社内で顔を合わせた際も、かなり強い口調で不満を漏らしていましたね」

「異動は一年前だったそうですが、その後の国府さんの様子はいかがでしたか」

「やはり最初は落ち込んでいましたよ。資材部で彼が担当していたのは、包装資材に関する業務です。紙箱、フィルム、段ボールなどの安定供給は重要な仕事ですが、外側じゃなくて中身を作らせてくれ、と国府は会うたびに愚痴をこぼしていました」

「それまでとまったく違う業務に、強いストレスを感じていたと」

僕がそう言うと、石原さんは「ああ、誤解しないでください」と手を振った。「あくまで今のは、異動直後の話です。彼だって、家族もいるいい歳の社会人ですから、クビ覚悟で会社に刃向かうようなことはしませんでしたよ。徐々に資材調達に面白さを見出し、率先して仕事を楽しもうとしていました」

少なくとも、仕事の悩みに絶望して自殺を試みる状態ではなかったようだ。そこで話題を切り替え、「亡くなる直前の様子はどうでしたか」と僕は尋ねた。

石原さんは腕を組み、「うーん、それなんですがね」と渋い顔をする。「今にして思うと、ちょっと体調が悪そうな時があったかなという気がするんですよ」

「具体的にはどのような？」

「自分の席で居眠りしていることがありましたね。席が近いので、目に入ってしまうんです。彼は父親の介護でいろいろと気苦労が多かったみたいでね。『最近疲れやすいんだ』とこぼしてましたよ」

「居眠りは午前中ですか、午後ですか」

「どちらもあったかな。彼の名誉のために言っておきますが、頻度は低かったですよ」

「時期はいかがですか？」

少し考えて、「十月に入ってから……ですね」と石原さんは言った。「それだけ、父親の症状が進んだんでしょうね」

「そうかもしれないですね」と僕は応じてみせたが、今の証言には若干の違和感を覚えていた。

博さんが食事を拒絶し始めたのは今年の夏で、季節が下るにつれてそれは改善されていった。伸一郎さんが食事を与えるようになったからだ。

その役目が負担になっていた可能性はもちろんある。しかし、できなかったことを自分の力でいい方向に持っていけたわけだから、むしろ伸一郎さんの気持ちは楽になったのではないかと思う。

介護の状況は改善したのに、伸一郎さんは疲れやすくなっていたという。ひょっとしたら、そこに事件のカギがあるのではないか。石原さんの話を聞きながら、僕はそんなことを考えていた。


夕方、六時過ぎ。僕は書類作成を終え、同僚たちにお疲れ様を言って、懇誠リサーチの事務所を出た。

コンビニエンスストアの前にはためく、〈フライドチキン予約受付中!〉の幟《のぼり》。街路樹に巻きつけられた電飾。商店街の方から聞こえてくる『ジングルベル』のメロディ。クリスマスまであと二週間。街のあちこちでは、聖夜を迎える準備が着々と進んでいる。そういえば、吐き出す息もいつの間にか白くなっている。

そんな浮ついた雰囲気の街並みを眺めていたからだろうか。ふと気づくと、僕はT

大学の正門前に来ていた。

　衝撃的な告白から、丸一日が経《た》とうとしている。あれ以降、何度かSNSでのやり取りをしたが、久理子さんは留学の話題には触れようとしなかった。そのせいで、というわけではないが、僕もなんとなくクリスマスの都合を訊けずにいる。

　直接会って、ちゃんと話をすれば——という気持ちはあるが、今日から週末にかけて、重要な実験が入っているそうだ。次に会えるのは、早くても来週の月曜日になるだろう。

　実験、頑張ってくださいね——。

　心の中でそっと祈りを捧《ささ》げ、正門から離れようとした時、「あれ？　クリポンの彼氏さんじゃないですか」と呼び止められた。

　声の方に目を向けると、大学の講堂方面からこちらに歩いてくる人影が見えた。街灯に照らされたその姿には見覚えがあった。ポニーテールと、夏の海が似合いそうな小麦色の肌。和歌山で過ごした数日間の記憶が、爽《さわ》やかな柑橘《かんきつ》の香りと共に蘇った。

「綾部《あやべ》さん。どうして東京に」

「昨日今日と、T大でシンポジウムが開かれてたんですよ。それに参加した帰りです」と彼女は白い歯を見せた。

　綾部さんは水産研究所に勤務するリケジョで、久理子さんの大学時代の友人だ。今も互いに「クリポン」「マナポン」と呼び合う仲である。

「そうですか。奇遇ですね、こんなところでお会いするなんて」

「本当に。びっくりしました。でも、ちょうどよかったです。江崎さんに訊きたいことがあったんで」

「保険金関連のご相談ですか？」

「いえいえ、そうじゃないです。今日の昼にクリポンとご飯を食べた時、ちょっと元気がなかったので、何かあったのかと思いまして。ひょっとして、ケンカですか？」

「仲違《たが》いしたわけではないんですが……」と曖昧《あいまい》に頷くと、綾部さんは「やっぱり、何かあったみたいですね」と眉間に鋭いしわを寄せた。

「分かりました。じゃあ、これからご飯に行きましょう。今日はこっちに泊まるんで、時間はたっぷりあります。相談ならいくらでもオッケーですよ」

「え、でも……」

「クリポンに悪い、ですか？　大丈夫ですよ、今ここで一言伝えておけば。変な疑いを持たれることはないですよ」

綾部さんは笑顔でそう言って、「そもそも私、既婚者ですし」と付け加えた。

確かに、彼女に相談するのはありだな、と僕は思った。ここでばったり顔を合わせたのも何かの縁だ。僕は素直に綾部さんの誘いを受けることにし、さっそく久理子さんにメールを送った。

返事は予想より早かった。〈了解。実験の都合で抜けられないのが残念。楽しんできてね〉とのこと。普段ならがっかりするところだが、今日ばかりは久理子さんがいない方がありがたい。

「OK出ました。どこに行きましょうか」

「じゃあ、あそこにしましょう。〈マル喜《き》〉。私もここの卒業生なんで、昔よく行ってたんですよ、あの定食屋さん」

予想外のリクエストだったが、雰囲気のある店に行くのは若干ためらわれるので、案外いい選択かもしれない。ということで、二人でマル喜に向かうことにした。

店は学生たちで混み合っていたが、座敷の席が運よく空いていた。油でつやつやと光る座卓を挟んで、畳に腰を下ろす。今日のおすすめはカツカレーだったので、二人ともそれを頼んだ。

「懐かしいなあ。何年振りだろ。昔と全然変わってないですね」綾部さんは体を前後に揺すりながら店内を見回している。「ここのカツカレー、美味しいですよね。どーんとカツが載ってて、カレーが結構スパイシーで。熱いところをハフハフと掻き込んで、時々箸《はし》休めに、付け合わせの白菜の浅漬けを食べる……。うーん、お腹が減ってきます」

「はは。よく覚えてらっしゃいますね。久理子さんとも来てたんですか」

「そうですね。そもそも、知り合ったのもこの店ですしね。私は農学部で、あの子は理学部でしたから、学内では接点がなかったんです」

「へえ、そうなんですか。僕と一緒だな。僕と久理子さんもここで初めて会ったんですよ。で、僕の方から声を掛けさせてもらって」

「お互い、思い出の場所ってわけですね」綾部さんはにっこりと笑って、ぐっと座卓に身を乗り出した。「で、何があったんです」

「さほど込み入った話じゃないんですが……」と前置きしてから、僕は久理子さんの留学のことを説明した。

「あー、そういうことですか」綾部さんは大きく頷いて、顎に手を当てた。「それは結構重要な問題ですね」

「綾部さんはご結婚されているとのことですが、留学のご経験は……」

「時々マレーシアとかインドネシアに行くことはありますけど、長期滞在はないですね。大学院を出てすぐに水産研究所の職員になったんで、そういう機会がなかったんですよ。やっぱり留学って、箔《はく》を付けるため、ってところもありますから」

「箔……ですか？」

「日本は世界トップレベルの研究をしている——と偉い人は言いますけど、裏ではやっぱり欧米コンプレックスが根強いんですよ。海外の研究室で修業して初めて一人前の研究者になれる、みたいな風潮があって、それが大学でのポストにモロに影響しちゃうんです。統計を取ったわけじゃないですけど、個人的な意見としては、留学経験者の方が昇任が早いように感じますね」

「大学の研究者として生きていくなら、留学経験はかなり強い武器になると」

「そうですね。それが本当に正しいことかは分かりませんけど」

綾部さんがそう締めくくったところで、注文したカツカレーが運ばれてきた。相変わらずのボリュームだ。山盛りのライスが見えないくらいにカレーがかかっていて、手の平くらいはあるトンカツがその上に載っている。

「うわー、やっぱりすごいな！」

綾部さんは嬉しそうにスプーンを手に取り、さっそくとばかりにカレーに浸ったカツにかじりついた。

久理子さんもかなり食べっぷりがいいが、綾部さんもなかなかのものだ。僕がどれほども食べないうちに、彼女はあっという間に三分の一ほどを胃に収めてしまった。

グラスの水を飲み干し、「ふう」と一息ついて、綾部さんはこちらに視線を向けた。

「で、江崎さんはどうするおつもりなんですか」

「まさにそれで悩んでるんですよ」

「ずいぶん深刻そうですね。お気持ちは分かりますけど、そこまで重く考えることはないんじゃないですか。今はほら、無料で顔を見ながら話ができるアプリもいっぱいありますし、定期的に連絡を取り合うことはできますよ」

「そうですね。久理子さんの実験の都合次第ですけど……」

思いがけず、声のトーンが弱々しいものになった。それを見て、綾部さんがスプーンを置いた。

「会えなくなるのが怖いですか？」

「……そういう気持ちがないとは言えません」と僕は正直に言った。「海外の研究室に行けば、久理子さんと対等に科学的な議論ができる男性がいっぱいいるでしょう。それなのに、僕には研究のことがさっぱり分からないんです」

「それに関しては、彼女を信頼してあげてほしいですね」と綾部さんは優しく言った。「本質的にシングルタスクなんですよ、クリポンは。実験に夢中になれば実験のことしか目に入らなくなります。留学したら、たぶん、その傾向はより強くなると思いますね。何かを得ようと必死になるはずですし。江崎さんっていう立派な恋人がいるなら、絶対に浮気なんてしませんよ。そんな暇があれば実験します、きっと」

「それは確かに、そうですね」

綾部さんは小さくため息をついて、再びスプーンを手に取った。

「……とはいえ、理屈じゃないか、こういうのは。私がいくら大丈夫だって言っても、そう簡単に不安は消えないですよね」

「すみません、せっかくのアドバイスなのに」

「それだけ、クリポンのことが大切なんですよね」と綾部さんは白い歯を見せて笑った。「周りがなんと言おうと、これは二人の問題ですから。しっかり話し合うのが一番ですよ。お互いに納得いくまで、徹底的にね」

「そうですね。ありがとうございます。頑張ります」

僕は勢いをつけるように、スプーンに山盛りにしたカレーをがばっと頬張った。

綾部さんの言う通りだ。一人で悩んでいても結論は出ない。留学に対する自分のスタンスをはっきりさせた上で、真正面から久理子さんと意見を交換し合うべきだ。

僕は汗だくになってカツカレーを食べ進めながら、僕たちの未来を改めてちゃんと考えよう、と心に決めた。

6

十二月十四日、月曜日、午前十一時半。低気圧の影響で木枯らしが吹く中、僕は国分寺市の中ほど、西武国分寺線の恋ヶ窪《こいがくぼ》駅の近くにある〈下山《しもやま》病院〉にやってきた。

四階建てと三階建て、二つの独立した建物が渡り廊下で繋がった構造をしており、玄関付近にはハンドルがぶつかり合う密度で自転車が停められている。外壁の汚れ方や配管の錆《さ》び具合からすると、昔からこの地にある病院のようだ。会社の検診で高血圧を指摘されて以降、伸一郎さんはこの下山病院に定期的に通っていた。

中に入ってみると、思いのほか空《す》いていた。受付で来意を告げると、すぐに診察室に入るように言われた。

ロビーから続く微妙に薄暗い廊下の中ほどに、内科の診察室があった。軽くノックをして引き戸を開けると、中には恰幅《かっぷく》のいい男性医師がいた。太っているというより、いわゆる「ガタイがいい」タイプだ。骨格がしっかりしている。年はまだ三十代だろう。口が大きくて目が丸いので、ガマガエルっぽい印象がある。

柔道をやるのに適した体型だろうな、などと考えつつ、簡単に自己紹介をする。男性医師の苗字《みょうじ》は下山だった。この病院の院長の親族なのかもしれない。

「ま、どうぞお掛けください」

失礼しますと言って、黒い丸椅子に座る。仕事で足を運ぶことはあるが、昔からめったに風邪をひかない子供だったので、こういう場所に来ると緊張する。自然と膝の上で握り拳《こぶし》を作ってしまう。

「国府伸一郎さんの投薬履歴を知りたいと連絡を受けてますが」

「ええ。お伺いしてもよろしいでしょうか」

「個人情報なんですが、ご本人は亡くなっていますし、保険の調査という名目がありますから、ま、話してしまってもいいでしょう」と言って、下山医師は手にしたカルテに目を落とした。「服用していた薬は、アンジオテンシンⅡ受容体拮抗《きっこう》薬ですね。期間は、えーっと、今年の五月からです」

「その薬剤は、一般的なものなのでしょうか」

「ごくごく普通の処方ですね。血圧が下がりにくい場合は、カルシウム拮抗薬を併用することが多いですが、国府さんの場合は血圧コントロールが順調に進んでいましたので、処方自体は変えていません。あ、ただ、薬の種類は十一月に変更しましたけど」

「どういうことでしょうか」

「新薬は、原則的に発売から一年間は十四日間の処方制限が課されるんですが、ちょうどその時期にそれが解除されましてね。ここが売り時だということで、製薬会社が熱烈にプロモートしてきたんですよ。まあ、新薬の方が利益も出ますし、患者さんへのメリットも一応はありますから、問題ない場合は順次切り替えを進めてまして。国府さんもその一人だったんです」

　この手の話題にはさほど詳しくないが、医療の裏側で繰り広げられる駆け引きを垣《かい》間《ま》見た気がして、少し気分が悪くなった。うっかりすると見落としそうになるが、病院はれっきとした営利企業だ。外からは窺《うかが》い知れない、グレーな交渉が繰り広げられているのだろう。

「薬を変えることは、ご本人にお伝えになりましたか」

「もちろんです。自己負担は三割とはいえ、薬剤費が上がりますからね。血圧を下げるメカニズムは同じだと伝えたら、納得されていましたよ」と下山医師は堂々と答えた。

遺体の血中から検出された薬物について、「以前から服用していたものだと家族が証言した」と、福光さんは説明していた。おそらく、伸一郎さんは薬物が変更されたことをいちいち家族に言わなかったのだろう。

「副作用が少ないとのことですが、新しい薬剤が事故の原因になったのではないですか」と僕はストレートに訊いた。

「どうですかねえ。薬の添付文書には、意識をなくすことがあるとか、強い眠気があるとか、そういう副作用は記載されてないんですよ」と口をへの字にしながら彼は言う。「他剤との併用が未知の作用を引き起こした可能性はありますけど、国府さんは他に薬は飲んでいませんし……。まあ、薬と事故とは無関係だと思いますね、私は」

「……そうですか」

多少気にならないではなかったが、血中の薬物濃度は標準レベルだったそうだし、根拠もなく可能性ばかりを強調するのはよくないことだ。僕は質問を切り上げ、下山医師に面会の礼を述べて診察室を出た。

予定していた調査は、これでほぼ終わった。これまでに集めた資料をもとに、保険金支払いの是非についての結論を出し、依頼主である損保会社に報告することになる。

今のところ、伸一郎さんがなぜ事故を起こしたのかはまだ謎《なぞ》のままだ。居眠りをしていた可能性は高いが、なぜ眠りこけていたかは不明だし、シートベルトを締め忘れるほどぼんやりしていたという事実も気にはなる。

しかし、違和感があっても物証がなければどうしようもない。このままいけば、「全額支払うべきである」という論旨の報告書を提出することになるだろう。

そんなことを考えながらロビーに差し掛かった時、「あれ?」と僕は足を止めた。

ベンチに国府孝弘くんが座っている。彼の思い詰めたような表情に、僕はたまらず、「どうも、こんにちは」と声を掛けていた。

「あ、この間の……江崎さんでしたか。調査のためにここに来られたんですか」

「そうです。お父様の診察を受け持っていた先生に話を聞こうと思いまして。孝弘さんはどうしてこちらに……」

「母が……つい一時間ほど前に倒れたんです。その付き添いです」

「倒れられた?　発作か何かですか」

「駆けつけてくれた救命士さんの見立てだと、軽い脳卒中だろうという話でした。入院は必要でしょうけど、命に別状はなさそうです」

「孝弘さんはその時、家にいらっしゃったんですか？」

「あ、いえ。父が亡くなってからは、ホームヘルパーの女性に祖父の介護を手伝ってもらっているんです。彼女が気づいて救急車を呼んでくれたんです。僕は連絡をもらって、あとから来ました」

「そうですか。由希子さんと博さんの二人きりじゃなくてよかったですね」

「本当に、そう思います。……たぶん、母には相当ストレスが掛かっていたんでしょうね。暴力は以前より減りましたけど、父が亡くなってからまた、祖父は果物しか食べなくなりましたから。食事を出しても、『伸一郎が腹を減らしている。俺はいいからあいつに食わせてやれ』と言うばかりで……」

そう言って、孝弘くんはロビーの床に目を落とした。

「祖父の中では、父はまだ育ち盛りの子供なんでしょうね。……もういないってことが、分からないんだろうな」

寂しげに付け加えられた一言が、胸に沁《し》みた。

何よりも大切にされてきた、家族の絆《きずな》。いびつに歪《ゆが》んでしまったそれが、由希子さんや孝弘くんを苦しめている。思い出が幸せなものであればあるほど、失われてしまった時の悲しみは大きくなる。

僕はただの部外者だ。中途半端な慰めが逆効果にしかならないことは分かっていた。

「お大事になさってください、とお母様にお伝えください」とだけ言って、僕は病院をあとにした。


その日の午後八時過ぎ。僕はT大の構内で一人、ぼんやりと立っていた。

僕の背後には、八階建ての理学部二号館が聳えているが、正面から風が吹き付けているので、寒さを和らげる役には立っていない。

辺りに目を向けると、煌々《こうこう》と明かりがついている建物がいくつも見える。実験に勤しんでいる学生やスタッフがまだまだたくさんいるらしい。

それだけの熱意を注ぐ価値がある、ってことなんだろうな……。

窓の向こうで繰り広げられる白熱した議論をぼんやりと思い浮かべたところで、背後で自動ドアが開く音がした。

「ごめん、遅くなっちゃった」と白い息をこぼしながら、久理子さんが僕に駆け寄ってくる。今日はグレーのダッフルコートを着ている。こちらが普段使いのものなのだろう。

「いいえ、会いたいとわがままを言ったのはこちらの方ですから。実験の調子はいかがですか？」

「あー、うん。ここ何日か集中してやったんだけどね。期待してた成果は出なかったよ。iPS細胞から腎臓の組織らしきものを作ることはできるようになった、って話は前にしたよね。ただ、それがすぐに皮膚とか筋肉とか、別の組織に変化しちゃってね。培養条件を変えながら検討を続けてて、先月に出た新しい論文を参考にいろいろ試してたんだけど……」早口でそこまで語って、「ごめん、つまんないよね、こんな話」と久理子さんは目を逸《そ》らした。

「いえいえ、そんなことはないです。久理子さんが熱心に話しているのを見ていると、僕も幸せな気分になれます。可愛《かわい》いな、と思います」

「そう？　ありがとう。食事は？」

「まだです。久理子さんとご一緒しようと思いまして」

「それじゃあさ、江崎くんの家に遊びに行ってもいいかな。手料理、久しぶりに食べたいと思うんだけど」

「いいですよ。途中で材料を買って帰りましょう」

かろうじて平静を装ったものの、久理子さんが僕の自宅に来たことはまだ一度もない。ドキドキしながら、僕は久理子さんと並んで歩き出した。

人通りの絶えた夜のキャンパスは、闇に音を吸い取られたかのように静まり返っていた。僕たちの靴音だけが響く中、「あの」と僕は切り出した。「二十四日の夜の予定はいかがですか」

「普通に実験かな。でも、今日くらいの時間には終われると思う。それで大丈夫？」

「あ、はい。それはもう。全然ＯＫです」

笑おうとしたが、自分でもはっきり分かるほど顔がこわばった。久理子さんの留学に対して、僕はどうしたいのか。遅くとも二十四日には意思表示すると決めているのに、まだ結論は出ていない。あらゆる選択肢を挙げて検討している段階である。

ぎこちなさが伝わったのか、久理子さんは視線を落として黙り込んでしまう。こちらから別の話題を出さねばと思うが、焦りで思考回路が空回りし、なかなか口が動いてくれない。

互いに無言のまま、ただ歩を進めていくうちに、Ｔ大学の正門が見えてきた。

そこで久理子さんは足を止め、「ひょっとしてさ」と僕の顔を見つめた。「悩み事があるんじゃない？」

「あ、えっと……はい」

そうなんです、留学の件で——と僕が白状する前に、「また、仕事のことで悩んでるの？」と久理子さんに訊かれた。

「え？　まあ、そうですね、まだ若干の謎が残っていまして……」

おいおい、そっちじゃないだろ！　と自分にツッコミを入れたが、もう手遅れだ。

言い直したところで、余計に変な空気になるだけだ。僕は仕方なく、個人名を伏せつつ、国府仲一郎さんの案件の概要を久理子さんに説明した。

話を聞き終え、久理子さんは唇を指でなぞった。

「ふうん……体調不良の原因か」

「その線で追究しても事故死の謎が解けるかどうかは微妙なところですけど、気になってしまって」

「そっか。でも、そうやって一つ一つ、丁寧に調査するのが江崎くんのいいところでしょ。時間が許す限り、徹底的にやればいいんじゃない」

「褒めていただけるのは嬉しいんですが、一応、報告書提出の締め切りがありまして。できれば年内……仕事納めまでには決着をつけたいと思ってます」

「そうなんだ。じゃあ、秘密保持に問題ないレベルで構わないから、もう少し詳しく話を聞かせてくれる？　もしかしたら、これまでみたいに何かアドバイスができるかもしれないしさ」

久理子さんからの申し出に、「じゃあ、お願いします」と僕は答えた。仕事とプライベート、両方で問題を抱えているから、どっちも中途半端に迷うことになるのだ。こうなった以上、留学の件はいったん封印し、調査の方に集中するべきだ。

「じゃあ、それで決まりね。でも、その前にお腹を膨らませないと」

「そうですね。今日は冷え込んでますし、お鍋にしましょう」

「お、いいね。具材をたっぷり買い込もうね。時間も時間だし、急ごうか」

そう言って、久理子さんが笑顔で歩き出す。初めて彼氏の家に行くというのに、まるで緊張している様子がない。

どうやら色っぽい展開はなさそうだなと直感し、僕はこっそり苦笑した。

7

久理子さんから電話があったのは、それから二日後の、水曜日の午後のことだった。報告書の下書きをしていた僕は、作業を放り出してスマートフォンを耳に当てた。

「昨日の夜送ってくれたデータあるでしょ」

前置きもなしに久理子さんはそう言った。

昨日、伸一郎さんが通っていたスポーツジムでインストラクターから話を聞き、そこで定期的に測定していた体重や体脂肪のデータをもらってきた。真相究明の役に立つかもしれないと思い、すぐに久理子さんにそれを送ったのだった。

「あれを見てて、ちょっと気になったことがあるの」

「何か、おかしな数値が出てましたか？」

「ジムに通い始めてからは順調に体重が落ちてたのに、十月に入ってからペースが悪くなってるでしょ。週ごとの値で見ると、増えてる時もあるくらい」

手元の資料を確認する。確かに久理子さんの言う通りだった。

「涼しくなる時期ですし、食欲が回復してリバウンドしたんじゃないですか」

「もちろんその可能性はあるよ。ただ、そのデータから、ある可能性を思いついてね。それを確かめたいなと思うんだ。悪いんだけど、面会のアポを取ってもらえないかな」

「もちろん構いませんよ。それで、どなたに話を聞くつもりですか」

うん、と呟き、二秒ほどの間を空けてから、久理子さんは言った。

「——亡くなった人が介護していたおじいさん」


ということで、翌日の午後四時過ぎ。僕は久理子さんと共に、再び国府家へとやってきた。

タクシーを降り、玄関へ向かいながら、「大学を抜けてきて、大丈夫ですか」と今更なことを僕は尋ねた。

「研究が一段落して、今はみんな、手じゃなくて頭を働かせる時期。私がいなくても問題ないよ」

玄関にたどり着き、久理子さんがチャイムを鳴らす。すぐに応答があり、孝弘くんが僕たちを出迎えてくれた。

「どうも」と会釈し、僕はすかさず久理子さんのことを紹介する。「電話でもお伝えしましたが、こちらの方が、特別アドバイザーの友永さんです」

T大学で助教として勤務していると伝えると、「へえ、すごいですね」と孝弘くんが目を丸くした。

「お母様の具合はいかがですか」と僕は尋ねた。

「おかげさまで、ちょうど今日、退院のお墨付きが出ました。明日にはこの家に戻ってくると思います」

相変わらず博さんは孝弘くんを嫌っているので、ここのところはホームヘルパーの女性に世話をお願いしているのだという。

「博さんの様子はどうですか」

「落ち着いてるみたいです。相変わらず果物しか食べないですけど。今は部屋で一人でいます。家族以外には声を荒らげることもないので、話をする分には問題ないと思います。ただ……その、会話が嚙《か》み合わないかもしれないですよ」

「大丈夫です」久理子さんが僕に代わって答える。「そんなに複雑なことを尋ねるわけじゃないですから」

「……そうですか。じゃあ、こちらへどうぞ」

やや不安げな孝弘くんの案内で廊下に上がり、二階の奥へと向かう。

孝弘くんはぴたりと閉じられたふすまの前で足を止めると、「僕はリビングにいますから」と言い残し、部屋の前から離れていった。

久理子さんと目を合わせ、互いに頷き合う。何を尋ねるのかは知らされていないが、話をするのは久理子さんの役目と決めてある。

「失礼いたします」と大きめの声で言って、僕はふすまをそっと引き開けた。

六畳の和室の隅に敷かれた布団に、一人の痩せた老人が座っていた。国府博さんだ。修行僧のように座禅を組み、半眼で何もない砂壁を見つめている。その横顔には亡くなった伸一郎さんの面影があり、二人が親子であることがすぐに見て取れた。頭頂部は多少薄くなっているが、髪は豊富で黒々としている。

久理子さんは博さんに近づき、畳の上に正座した。

「国府さん」と呼び掛けると、博さんは視線を久理子さんの方に向けた。「初めまして。友永と申します」

博さんは何度か瞬《まばた》きをして、「新しいお手伝いの人かな」と思いのほかしっかりした声で言った。

「いえ、私は大学で研究をしています。科学者です」

「ほう、そうですか。それは立派だ。私の息子も、大学に通っておったんです」

「仲一郎さんのことですね」

「息子のことを知っているんですか」

「はい。お名前だけは。仲一郎さんが、お食事の世話をしていたそうですね」

「ええ、いつも一緒に食事をしていました」博さんは大きく頷き、室内をぐるりと見回した。「今日はまだあいつを見てないんですが、どこにいるか知りませんか」

その言葉に、息が詰まる思いがした。やはり博さんは、まだ仲一郎さんの死を理解できていないのだ。

久理子さんはことさら優しい声音で、「仲一郎さんがいないと、ご飯の時に困りますね」と言った。

「そうなんです。私が面倒を見てやらないと、あいつはろくなものを食べようとしないんだ。私は果物があれば充分だが、息子はそうはいきません。何しろ体が大きいですからな。どんどん食べないと、すぐに痩せてしまう」

「仲一郎さんは、食事を残すことはありましたか」

「いや、それはなかったですな。好き嫌いをするなとしつけましたから」と嬉しそうに博さんが答える。

「仲一郎さんの好物は、どんなものですか」

「そうですな。なんでもうまいうまいと食べますが、しっかり味の付いた卵焼きが一番でしょう」

そうですか、と呟き、久理子さんはゆっくりと立ち上がった。

「急に押し掛けてしまってすみませんでした。これで失礼させていただきます」

「ああ、はい、どうも。息子を見かけたら、この部屋に来るように言ってください。よろしくお願いしますよ」

博さんはそう言って、また砂壁に目を戻した。ぜんまいが切れたかのように、彼はもう口を開こうとはしなかった。

部屋を出て、用件が済んだ旨《むね》を孝弘くんに伝えてから、僕たちは国府家をあとにした。

夕方の住宅街を歩きながら、「どうでしたか」と僕は久理子さんに尋ねた。

「予想は二つあるんだけど、一つ目は当たってたみたい。認知症の影響は窺えたけど、博さんの話は本当だと思う。伸一郎さんの体重が落ちなくなった理由も説明できる」

久理子さんは、溶けかけの鉄のように赤くなっている西の空を見ていた。

「あとは、二番目の予想がどうかだね。もうすぐ由希子さんが退院するみたいだし、仮説を証明するのに必要な物証は揃うんじゃないかな」

その口ぶりと、これまで共に調査に当たってきた経験から、久理子さんはすでに事件の真相を見抜いているのだと僕は察した。

「……トレース完了、ですか」

「私の予想が当たっていれば、まあ、そうかな」

夕焼けを見つめる久理子さんの表情は、決して明るいものではなかった。

僕は何も言わず、彼女の手に触れた。

驚いたように足を止め、久理子さんが僕の方を見る。

僕はその瞳をしっかり見据えながら言った。

「久理子さん。二つの予想と、そこから導かれる結論を教えてもらえますか」

視線をゆっくりと外し、久理子さんが吐息を落とした。

「そうだね。もう話していいかな。ごめんね、黙ってて」

「いえ、いいんです。気軽に話せるような仮説じゃなかったんですよね」

うん、と小さく頷き、久理子さんは僕の手をぎゅっと握り返した。

「家族って……難しいなって、そう思った」

哀愁を帯びたその呟きを耳にした瞬間、ふっと視界が開けた感覚があった。

僕を悩ませていたもう一つの問題。それに対する答えが、ようやく見えた。

僕は久理子さんの肩に触れ、そっと自分の方に引き寄せた。

「大丈夫です。ここから先は僕の仕事ですから」

久理子さんは僕の胸に額をつけて、「……うん、ありがと」と囁《ささや》くように言った。

8

クリスマスイブだというのに、その日は朝から妙に暖かった。

午後二時半。国府孝弘は三時限目の講義を終えたところで大学をあとにし、実家へと向かった。今日これから、父親の事故に関する保険調査の報告がある。それに同席するように由希子から言われていた。その判断一つで、数千万円の違いが生まれる。なかなか実感しにくい話だった。

実家に戻ると、由希子はリビングの掃除に勤しんでいた。それを手伝い、ゴミ出しや窓拭きで汗を流しているうちに、約束の時間になった。

調査員の江崎は、午後四時ちょうどに玄関のチャイムを鳴らした。彼を出迎え、この前と同じようにリビングへと案内する。

江崎はソファーに座り、「体調の方はいかがですか」と由希子に尋ねた。

「病院に運ばれた時はどうなることかと思いましたが、幸い後遺症もなく、これまで通りの生活を送っております」

「それは何よりです。お祖父《じい》様の様子はいかがでしょうか」

「……何も変わってません」と答える由希子の口調は冷淡だ。「まともに食事をしようとしないので、開き直って昨日から果物だけにしました。作っても無駄ですので」

「そうですか」と言い、江崎は厚いファイルをカバンから取り出した。「では、今回の事故に関する調査結果をお伝えしたいと思います」

隣で、由希子が唾を飲み込む音が聞こえた。この家にとって、非常に重要な瞬間を迎えようとしているのだとようやく実感し、孝弘の緊張も高まった。

江崎は由希子と孝弘を順に見て、表情を変えずに淡々と告げた。

「残念ですが、伸一郎さんがご契約されていた損保会社の方には、『保険金支払いの必要はない』と報告させていただくつもりです」

「それって、保険金が出ないってことですか」

孝弘は思わず身を乗り出していた。

「損保会社が最終的な判断を下しますが、おそらくはそうなると思います」

「……その理由をお聞きしてもよろしいでしょうか」

由希子の口調は冷静だったが、その手は微かに震えていた。

「はい。事故の朝、伸一郎さんは意識混濁状態にあり、自動車を運転するのに不適切な体調だったと推測されるためです」

そう説明し、江崎はファイルから一枚の紙を取り出した。

「こちらは、行政解剖の際に採取した血液を再分析した結果です。仲一郎さんの血液からは、通常ではありえない高濃度のリチウムが検出されています。最初の検査項目からは外れていたため見逃されていたものです」

「リチウム？　どうしてそんなものが……」

理科の教師である母親なら意味が分かるかもしれない。そう思って隣を見て、孝弘は息を止めた。由希子は目を見開き、驚愕《きょうがく》の表情で検査結果の数値を凝視していた。

「母さん……？　なんだよ、その顔」

由希子は震える手で口元を覆い隠し、「リチウムって、そんな、どうして、あの人の体から……」と呟いた。

「一つ、謝罪しなければならないことがあります。博さんの介護を手伝っているヘルパーさんに頼んで、彼に出された食事の一部を送っていただきました。こちらで分析したところ、おかゆや卵焼き、味噌汁などから、やはり高濃度のリチウムが検出されました」

孝弘は信じられない思いで江崎の説明を聞いていた。博の食事を準備しているのは由希子だ。つまり、由希子が食事にリチウムとやらを混ぜていたことになる。

「じゃあ、父は……祖父の食事を食べていたんですか」

「そう解釈するのが自然でしょう。博さんが食事を残すことに、由希子さんは苛立《いらだ》っていました。仲一郎さんは自分の父親が妻から怒鳴られるのを見ていられず、食事の世話をすると言って、出されたものを代わりに食べていたんだと思います」

――ダイエット、うまくいってないんじゃないの。

――運動で痩せた気になってたけど、ただの夏バテだったのかもな。

あの朝の父親との会話が蘇る。ダイエットのペースが落ちていたのは、余計な食事をとっていたせいだったのだ。

「そんなの……こっそりトイレにでも流せばいいのに」と孝弘はひとりごちた。

「ずっと減塩食続きだったそうですし、塩味の効いた食事が恋しかったのかもしれませんね。それに加えて、由希子さんが作ったものを捨てたくない、という気持ちもあったと思います」と江崎は言い、手元の資料に目を落とした。

「食事に混入されていた物質の正体は、塩化リチウムだと推測されます。病院で処方される、医薬品の炭酸リチウムには苦味があり、食事に混ぜるとすぐに気づかれます。一方、塩化ナトリウム――食塩と同種の物質である塩化リチウムには自然な塩味がありますので、密かに混ぜるのに適しています。また、中学校で理科の講師をされている由希子さんでしたら、入手も比較的容易だったと思います」

「……そのリチウムが、父の事故の原因だって言うんですか」

孝弘の質問に、江崎は「おそらくは」と答えた。

「リチウムの作用の一つに、意識障害がありますので、それが出たものと思われます。事故の前から居眠り等があったようなので、それまでもリチウムを摂取していたと思いますが、意識が混濁するほどに副作用が強くなったのは、少し前に降圧剤の種類を変えたことが関与している可能性があります」

「……いや、普段よりたくさん食べたからですよ、たぶん」と孝弘は言った。博が完食するようになったので品数を増やしたと、由希子はあの朝言っていた。

孝弘は隣に座る母親の横顔を窺った。彼女は太ももの上で手を組み合わせ、痛みに耐えるような表情でうつむいていた。

「こちらからの説明は以上になります。損保会社から、追って正式な書類が届くと思います。もし、その判断に不服があるようでしたら、裁判で結果の妥当性を論じるという方法もあります」

江崎はにこりともせずに言い、「では、私はこれで」とリビングを出て行った。

部外者の消えたリビングに、心臓が痛くなるような沈黙が満ちていく。

孝弘は大きく息を吐き出し、「今の話、本当なの」と母親に尋ねた。由希子は奥歯を嚙み締めたまま、無言を貫いている。その姿が、問いへの答えが「イエス」であることを何よりはっきりと物語っていた。

「……どうして、そんなことをしたんだよ」

由希子はやはり何も答えない。孝弘はため息をついてスマートフォンを取り出すと、「リチウム」でネット検索した。

検索結果一覧をスクロールしていく中で、「認知症」というワードが目に入った。

そのページを一読し、孝弘はソファーの背もたれに体を預けた。

「……リチウムって、躁病の鎮静化に使われるらしいけど、動物実験で認知症に効くことが報告されてるんだってね。ひょっとして、じいちゃんを治すために食事にリチウムを混ぜたの？」

「……それを期待はしてたけど」由希子が絞り出すように言う。その目には大粒の涙が浮かんでいた。「ほ、本当は……」

「……本当は？」

「し、死んじゃえばいいと思ってた」

「……そっか」

リチウムは過剰投与による中毒を起こすことがあるため、定期的な血清リチウム濃度の測定が必要である――いま読んだページにはそう書いてあった。

おとなしくなってほしい。認知症が治ってほしい。――死んでほしい。

由希子の気持ちは理解できた。「この居候が、さっさと出て行け！」と博に怒鳴られた時、孝弘も同じことを思ったからだ。

母親が本音を語ったことで、吹っ切れた感じがあった。

「いま借りてるアパート、引き払うよ。今日からはこっちで生活する」

「え？　でも、おじいちゃんが……」

「怒鳴られるかもしれないけど、それはしょうがないよ。母さんの手伝いをさせてよ。父さんはいなくなっちゃったし、ヘルパーさんに全部お願いしてたら、お金がいくらあっても足りないし、俺がやらなきゃ」

だって、家族だからね——。

心に浮かんだその言葉を口にするのはさすがに恥ずかしかったので、その代わりに、孝弘は由希子の手を軽く握った。

由希子は「……ありがとう」とかすれた声で言い、静かに涙を流し始めた。

9

調査報告を終え、僕は午後六時前に懇誠リサーチの事務所に戻ってきた。

机の上には、年明けから新たに調査を始める、次の案件の資料が届いていた。疲れはあるが、早めに目を通しておこうと書類をめくっていると、「おい」と一之瀬所長に肩を摑まれた。

「あ、所長。お疲れ様です」

「疲れてんのはそっちだろうが。今日はもう仕事はいいから、会議室に行け」

「え、打ち合わせですか？」

「行けば分かる。ほら、さっさとしろっての」

所長に腕を引っ張られ、強引に廊下に放り出されてしまう。「いってぇ。力が強すぎるんだよな、あの人」などと文句を言いつつ、僕は会議室へと向かった。

ドアを開けると、そこには意外な人の姿があった。

久理子さんは「や、こんばんは」と笑顔で軽く手を上げた。「実験が早く終わってね。外で待ってたら、所長さんが声を掛けてくれたんだ。中で待ってたらいいって、ここに通してもらえたよ」

「そうだったんですか。メールくれたらよかったのに」

「仕事中だし、見られないかなと思って」

そこで言葉を切って、久理子さんは僕をじっと見つめた。

「……調査報告、お疲れ様でした」

「ありがとうございます。無事に終わりました」

そう返して、僕は久理子さんの隣の席に腰を下ろした。

「大丈夫だった？」

「奥さんはかなり動揺していましたが、息子さんは冷静に話を聞いてくれました。彼が中心となって、この苦境を乗り越えていってくれたらと思いました」と僕は正直な想いを口にした。

「……江崎くん、疲れてるね、やっぱり」

「ええ、なかなか慣れないです、こういうのは」

依頼された仕事とはいえ、僕の判断一つで、国府家に数千万の保険金が振り込まれていた。そのことを思うと、どんなに自分を正当化しても心は痛い。

久理子さんは「仕方ないよね」と頷き、間を空けずに、「留学することにしたよ」とさらりと言った。

「……決めたんですね」

「うん。迷ったけど、前から興味はあったし、断ったらきっと後悔すると思ったから」

そうだよな、と僕は心の声で言った。最初から、久理子さんはそう決断すると思っていた。自分の将来を切り拓くためなら、彼女はたぶん、月にだって行く。

僕は深呼吸をして、「このあと、レストランで言おうと思っていたんですが」と静かに切り出した。

「……うん」

「僕と結婚してください」

久理子さんの目をしっかりと見つめながら、僕は言った。

「僕の今の趣味は、久理子さんに食事を差し入れることです。どんな表情で、どんな風に味わって、どんな感想を言ってくれるのかなと想像すると、それだけで幸せになれます。僕は誰に何と言われようと、久理子さんを支えていたいんです。海外に留学すれば、忙しくなるでしょう。食事もままならなくなります。栄養バランスが偏って、体調を崩すかもしれません。僕にはそれは耐えられません。ずっと久理子さんの側《そば》にいて、あなたをサポートしたいんです」

久理子さんは僕の視線を受け止め、ゆっくりと何度か瞬きを繰り返した。

「今の仕事はどうするの？」

「辞めます」

「それはもったいないよ」久理子さんの声がそこで大きくなる。「江崎くんは他の人にできない、立派な仕事をしてる。江崎くんに向いてるよ、すごく。きっと天職だと思う。だから、私のためにそれを手放してほしくない」

「そんな風に評価してもらえて、すごく嬉しいです。でも、久理子さんにとって研究が一番大事であるように、僕にとっては久理子さんが一番なんです。そこの優先順位がどのくらい強い意味を持つか、久理子さんなら分かると思うんです」

「……そっか。うん、ありがとう。私を大切に思ってくれて……」

久理子さんは微笑んで、僕の手に自分の手を重ねた。

「これから屁理屈《へりくつ》を言うけど、いいかな」

「屁理屈……ですか？」

「江崎くんは仕事を辞めるという判断をした。でも、私は辞めるべきじゃないと言った。矛盾する二つの主張だけど、優先順位は付けられるよね。江崎くんは、『自分よりも私が大事だ』と感じているんだから」

確かに屁理屈だ。しかし、その論理の明確さに、僕は何も言えなくなってしまう。

「私、もう結構いい歳だけど、今まであんまり結婚には興味がなかったんだ」久理子さんは照れくさそうに続ける。「でも、江崎くんとなら結婚してもいいと思う。さっきの言葉、すごく嬉しかった」

だから、と久理子さんは声に力を込めた。

「私が日本に戻ってくるまで、待っていてほしい」

「僕のサポートがなくても、大丈夫ですか」

「なんとか頑張ってみる。体調管理くらいはちゃんとできる……と思う」

「分かりました」と僕は晴れやかな気分で言った。「二年間、僕は僕の仕事を必死に頑張ります。料理の腕をもっと磨きます。そして、世界で一番久理子さんにふさわしい人間になってみせます」

「別に、今でも一番だと思うけど」

久理子さんはふっと笑うと、椅子から腰を浮かせて僕に抱き付いた。

彼女をしっかりと抱き止め、僕は思った。

この温もりを忘れなければ大丈夫だ。この先、どんな苦難が待っていたとしても、抱き締め合った時の安心感さえ思い出せれば、絶対に乗り越えていける。

自分が高揚しているのがよく分かる。今なら、どんな気恥ずかしいセリフも口にできそうな気がした。だから、僕はありったけの想いを込めて言った。

「世界で一番愛しています。久理子さん」

ふふっ、と僕の耳元で久理子さんが笑う。

「――世界で二番目に愛してるよ。誠彦《まさひこ》」

久理子さんはそう言って、僕を強く抱き締めた。

一番大事なのは研究で、僕はその次。その順番は相変わらずで、僕はその変わらなさに安堵した。久理子さんから二番目だと言ってもらえる相手は、僕しかいないのだ。

それはすなわち、僕が世界で一番、彼女に愛されているということだ。

屁理屈かもしれないが、それでいいのだ。僕は今、この上なく幸せなのだから。

初出
Research 01　小さな殺し屋　『このミステリーがすごい！　三つの迷宮』二〇一五年十一月（「リケジョ探偵の謎解きラボ」改題）
Research 02　亡霊に殺された女　「『このミステリーがすごい！』大賞作家書き下ろしBOOK vol.14」二〇一六年九月
Research 03　海に棲む孔雀　「『このミステリーがすごい！』大賞作家書き下ろしBOOK vol.15」二〇一六年十二月
Research 04　家族の形　「『このミステリーがすごい！』大賞作家書き下ろしBOOK vol.16」二〇一七年三月

宝島社
文庫

リケジョ探偵の謎解きラボ
（りけじょたんていのなぞときらぼ）

2017年5月23日　第1刷発行

著　者　喜多喜久
発行人　蓮見清一
発行所　株式会社 宝島社
〒102-8388　東京都千代田区一番町25番地
電話：営業 03(3234)4621／編集 03(3239)0599
http://tkj.jp
印刷・製本　中央精版印刷株式会社

ISBN 978-4-8002-7208-9

『このミステリーがすごい!』大賞 シリーズ

宝島社文庫

《第9回 優秀賞》

ラブ・ケミストリー

喜多《きた》喜久《よしひさ》

東大の大学院生・藤村桂一郎は、有機化合物の合成ルートを瞬時に見つけることができる理系男子。しかし、研究室の新人秘書に初恋をしたとたん、その能力を失いスランプに。そんな彼のもとに、カロンと名乗る死神が「あなたの望みを叶えてあげる」と突如現れて……。

定価：本体571円＋税

※「このミステリーがすごい!」大賞は、宝島社の主催する文学賞です。(登録第4300532号)

『このミステリーがすごい!』大賞 シリーズ

宝島社文庫

リプレイ2・14

喜多喜久

バレンタインデーの朝、悲劇は起きた。東大農学部院生の奈海は、同じゼミの本田にチョコを渡そうと、大学を訪れる。しかしそこには冷たくなった本田の死体が。茫然とする彼女の前に突如現れた謎の男クロトは、「時間を巻き戻し、愛する者を救う機会を与える」と告げる。奈海は本田を救えるか⁉

定価：本体648円+税